外国名作家文集·威尔斯卷　王逢振 | 主编

星球大战

THE WAR OF THE WORLDS

[英] H.G.威尔斯 / 著

杨渝南　张贯之 / 译

Herbert George Wells

漓江出版社

图书在版编目（CIP）数据

星球大战 /（英）H.G. 威尔斯 (Herbert George Wells) 著；杨渝南，张贯之译；
王逢振主编．-- 桂林：漓江出版社，2022.1
ISBN 978-7-5407-8454-6

Ⅰ．①星… Ⅱ．① H… ②杨… ③张… ④王… Ⅲ．①幻想小说－英国－现代
Ⅳ．① I561.45

中国版本图书馆 CIP 数据核字 (2021) 第 032702 号

XINGQIU DAZHAN
星球大战
［英］H．G．威尔斯　著
杨渝南 张贯之　译
王逢振　主编

出版人：刘迪才
策划编辑：沈东子 辛丽芳
责任编辑：胡子博
装帧设计：周泽云
责任监印：杨东

漓江出版社有限公司出版发行
广西桂林市南环路 22 号　邮编：541002
发行电话：010-65699511　0773-2583322
传真：010-85891290　0773 - 2582200
邮购热线：0773-2582200
电子信箱：ljcbs@163.com
微信公众号：lijiangpress
印制：北京中科印刷有限公司
［北京市通州区宋庄工业区 1 号楼 101 号 邮编：101118］
开本：880mm × 1230mm　1/32
印张：6.5　字数：136 千字
版次：2022 年 1 月第 1 版
印次：2022 年 1 月第 1 次印刷
书号：ISBN 978-7-5407-8454-6
定价：37.00 元

[英]H.G. 威尔斯
(Herbert George Wells, 1866—1946)

目录

前言：难忘的威尔斯

西方科幻小说具有漫长而丰富多彩的历史，其根源可以上溯到古希腊罗马的一些推测性著作。但是，作为现代的一个文类，它大体上始于 18 世纪后期同时出现的两次革命：法国革命和工业革命。这些革命的后果之一是复活并改变了乌托邦传统，从空间性转向了时间性，从对地球上某种想象的理想社会的描写转向了对更好的社会模式的思考，并期望通过政治变革在自己所处的社会里实现。科幻小说就是产生于这样一个时刻。它以想象的小说形式，思考社会的变革，思考它的未来，以及科学技术对这种变革可能发生的作用。威尔斯的科幻小说正好体现了这一时代性的变化。

H．G．威尔斯（Herbert George Wells, 1866—1946）是英国著名科幻作家，有人把他和法国作家儒勒·凡尔纳称为科幻小说之父。威尔斯出身贫寒，父亲早年做过园林工人，后来开一家小店，很快破产，母亲不得不到别人家去做用人和管家。为了把自己的家庭提高到中产阶层，她便让威尔斯像他的哥哥那样到布店当学徒。1883 年，威尔斯到米德赫斯特一个小学当老师。后来，他获得伦敦师范学校的奖学金，师承T．H．赫胥黎学习生物学。赫胥黎是达尔文进化论和科学人文主义的鼓吹者，对威尔斯产生了重大影响。此后他接着教书，通过自学获得了学位，并在为大学函授学院工作时写了两本教科书（1893年发表）。他热衷于科学报刊，1891年发表了他的第一篇文章《独特性的重新发现》。1893年，他开始经常写一些文章和短篇故事。

他早期最重要的文章是《百万年的人》（*The Man of the Year Million*, 1893）。在这篇文章里，他大胆描绘了自然科学最终会使人改变的情形：人变成了一种怪异的生命，头和眼睛巨大，身体变小，手非常纤巧，永远沉浸在营养液里，并且在太阳变冷之后，被迫退居到地球表面之下。其他早期的文章有《飞人的出现》、《到太阳旅行》（关于太阳系风暴和电磁浪潮的宇宙观）、《可能出现的活东西》（谈到了以硅为基础的生命的可能）和《人的消失》等。这些颇有想象力的作品后来收入《H．G．威尔斯早期科学和科幻作品选》。他早期的故事并无太多的冒险，大多描写人与奇异生命形式的相遇，如《偷窃的杆菌》（*The Stolen Bacillus*）和《奇怪的兰花开放》（*The Flowering of the Strange Orchid*）等。

《顽固的亚尔古英雄》（*The Chronic Argonauts*）是他1888年为《科学流派》杂志写的系列文章，后来他的重要作品《时间机器》（*The Time Machine*）就是以这些文章为基础写成的。《时间机器》勾勒了未来地球生命的进化：人类再分为柔弱的埃洛伊人和野兽似的莫洛克人；两种人最终都消失了，而随着太阳变冷所有已知的生命也都衰败。正如所有经典作品一样，人们永远可以从中解读出新的意义。有人认为《时间机器》反映了当时英国资产阶级的腐朽生活和工人阶级被迫在地下劳动生活的悲惨状况，也有人认为它反映了达尔文的进化理论，还有人认为它表现了追求公正、消除社会偏见和虚伪的愿望，今天更有人把它与生态问题联系起来。无论如何，有一点是肯定的：威尔斯的科幻小说主要关注的是社会问题。这大概也是他的作品被称作社会科幻小说的主要原因。

《摩罗博士岛》以纪实的方式讲述故事。普伦迪克在一场海难中大难不死，登上了一个无名岛。这个岛由摩罗博士控制，整个岛笼罩着一种神秘的氛围。摩罗博士利用尖端的活体解剖技术，从动物中创造像人一样的物种：鬣狗猪人、豹人、半人半兽的猩猩、猪女人、狗人……后来摩罗博士在追逐美洲狮人时死于非命，失去控制的兽人又恢复了原来的兽性。人们一般认为这部小说是一个精巧的恐怖故事，其实它包含更多、更深刻的东西。摩罗博士的实验与小说的哲学框架相互关联，作者在兽人的兽性和人性之间保持着微妙的平衡：在它们最具有人性时，它们又显示出兽性；在它们最具有兽性时，它们又显示出人性。《摩罗博士岛》表明，威尔斯试图综合进化论和宗教观念，展现一种新世纪的新神话：过去野兽本能地适应环境，自由自在地生活；如今它们挣扎在人类的枷锁之中，充满恐惧，永无宁日，受尽无法理解的法则的折磨。这显然象征着现代的资本主义社会。

《隐身人》（*The Invisible Man : A Grotesque Romance*）是威尔斯的又一部经典之作。如英文副标题所表明的，它是一部奇异的罗曼司。隐身人狂热地追求科学发明，但因为贫穷，便去偷去抢，甚至造成他父亲自杀；为了获取权力，他借用隐身术杀人；为了复仇，他丧失了生命。在某种意义上，这是一本关于科学的傲慢带来毁灭的作品。因此，它的基本主题是科学在社会中的作用问题。威尔斯在赞叹科学力量的同时，表明了科学的发展不一定促进社会进步，对科学的利用——造福人类还是危害人类——实质上是一个政治问题。今天，学界非常关注的现代性问题，同样也涉及科学发展和社会发展的关系问题。

威尔斯关于社会问题的描写，更突出地体现在他的《星球大战》之中。奇形怪状的火星人侵犯地球，他们凭借一种巨大的机器，横行无阻，用热光、毒气和火箭杀害所有的人。村庄和城镇被毁灭，伦敦也难逃厄运。他们靠吸食其他动物和人的鲜血为生，不知疲劳困倦，而且无性别之分。火星人征服了人类，成为世界的主人，迫使人类像动物一样生存。但是，由于他们缺乏对病菌的免疫力，最终一下子全死了；而人类因为能够适应地球的环境，继续生存下来。《星球大战》无疑受到进化论和科学人文主义的影响。如果从今天文化研究的角度解读，也可以说它反映了帝国主义和殖民地的关系。火星人象征殖民主义者，他们依靠坚船利炮在非洲和亚洲横行霸道，但最终被驱逐出境。其实，就在小说出版之际，英帝国就为掠夺资源在南非发动了侵略战争。小说把背景设在伦敦，显然具有反讽的意味。小说于 1938 年被美国改编成广播剧，一时间大为流行；1953 年被改编成电影（背景改为洛杉矶），被誉为乔治·帕尔拍摄的最成功的影片；1988—1990 年又被改编成电视连续剧，同样赢得了大量观众。

在《探月之旅》(《最先登上月球的人》）里，威尔斯的想象力再次凌空翱翔。小说描写科学家加富尔研制成一种能阻挡万有引力的物质，并用它制造出一只飞行球，与朋友贝德福一同前往月球探险。登月后，两人遭遇月球人的追捕，贝德福逃回地球；加富尔不幸被捕，囚禁在月球的地下世界。后来，加富尔向地球发回信息，描绘月球人的身体构造和社会结构。月球人根据各自担任的社会职责，用生物药剂刺激某部分器官畸形发展，如数学家的脑袋硕大无朋但四肢萎缩，警察肌肉发达，邮差腿脚细长，等等。这些奇形怪状的月球人，影射从事各种职业的现代人，抨击资本主义社会劳动分工造成人类的异化。小说惊心动魄的追击场面，严密的逻辑推理，以及瑰丽多姿的月球风光，吸引了大量读者。

《时空传奇》由五个妙趣横生的故事组成。在这些故事里，威尔斯以科幻小说为媒介，试图探索人性的永恒真理。故事发生在史前期的过去，经历了几个世纪的未来。威尔斯以其对维多利亚时期特有的敏感，描绘了关于未来寓意深刻的画面，常常精致入微，甚至在省略的地方也包含某些事件终将出现的意味，令人不得不驰骋自己的想象参与其中。因此有人说，这本书是读者特别是科幻迷必读的作品。

总起来看，威尔斯是一位极富想象力的作家，而且他的想象力以生物和历史可能性为基础，把异想天开的事件提升到艺术领域。因此人们认为，他的最好的作品是科幻小说应该追求的典范。虽然他渴望成为主流著名作家的欲望使他大胆的想象力一度受到约束，但他仍然被认为是英国科幻小说之父，是科幻界的天才。已故世界科幻协会主席布莱恩·奥尔迪斯曾说:“他是科幻界的莎士比亚。”确实，他对后来的科幻小说，尤其美国科幻小说的发展，产生了重大影响。

这里选译的几部作品，在国外均可以称之为长篇小说，就字数而言，或许在中国有些要算较长的中篇，但无论如何，它们是威尔斯科幻作品中的佼佼者，体现了威尔斯作品的主要特点。今天，随着科技的发展，科幻小说正在我国兴起，相信威尔斯的这些经典作品会为我国科幻小说的创作和发展提供有益的借鉴。

科幻小说是充满想象和幻想的作品，因此阅读科幻小说不能采用常规的方法，而应该充分调动自己的想象力，驰骋自己的奇思幻想，唯有如此，才能体会其中的妙趣。

小说的出版得益于沈东子和辛丽芳的帮助，这里谨向他们和责任编辑胡子博致以衷心的感谢。

当然，像任何选集一样，仁者见仁，智者见智，很难摆脱编选者的主观性甚至偏见。我们真诚期待广大读者和方家的批评指正，同时也期待对小说的翻译提出宝贵意见。

王逢振

2020 年仲秋

第一部　火星人入侵

第一章　战争前夕

在 19 世纪的最后几年里，没人相信我们人类正在被一种比人类更先进，且同样也逃脱不了死亡的智慧生命聚精会神地注视着，谁又会相信，当人类正在为自己的琐事奔忙的时候，自己却被专心致志地研究着，好比用显微镜研究一滴水里蠕动繁殖的生物般仔细。自高自大的人类在这个世界上来来往往，忙着干自己的事，自以为是万物的主宰。显微镜下的纤毛虫恐怕也有这样的想法吧。压根儿没有人想过宇宙中更古老的世界将会对人类产生威胁，或者认为那些古老星球上不可能，或不大可能有生命存在。过去人们的思维习惯真是奇特啊。地球上人至多想象着火星上另有人类生存，或许他们远比地球人类落后，正渴望着传教士的光临。然而穿越浩瀚的太空，确有一些智慧生命，他们的智慧和我们相比，简直就像我们跟灭种的野兽相比一样。这些数量众多、冷血且无同情心的智慧生命正用嫉妒的眼睛观察着地球，缓慢地，却坚定地制订着对付我们的计划。于是 20 世纪初人类的幻灭降临了。

我几乎不用提醒读者，火星在距离太阳平均 1.4 亿英里的轨道上围绕太阳运转，它从太阳上得到的光和热量刚刚够得上地球所接收的一半。如果星云的假设正确无误的话，火星的年龄一定比我们的星球古老得多；在地球结束熔融状态之前很久，火星上的生命就已经开始进化了。由于火星的体积只及地球的七分之一，它比地球更快地降到适合生命起源的温度。它有自己的空气、水和一切生命存在所需的条件。

但人类竟是这样的自负，自负得几近盲目。直到19世纪末，竟没有一个作家对比地球更有智慧的生命体存在的可能性发表任何评论。也没有人能明白：因为火星比地球古老，表面积只有地球的四分之一，而且距太阳更远，所以火星上的生命起始的时间应该更早，而且结束得也更早。

热量在空间放射造成的行星冷却，地球上早晚也会发生，然而火星上已比我们更早完成了这个过程。火星的自然条件对我们来说依旧是个谜，但我们现在知道在它的赤道地带，其中午的气温仅仅相当于地球最寒冷的冬季温度。火星的大气比地球稀薄得多，它的海洋面积已经缩减到其表面积的三分之一，南北两极的冰帽随季节变化而积蓄和消融，定期地淹没火星上的温带地区。行星的末日对地球来说似乎还很遥远，可是对火星人却是近在咫尺。这种生存的压力激发了火星人的智慧，增强了他们的力量，也使他们变得铁石心肠。火星人用我们难以想象的仪器和工具智能观察着星空，他们发现，在面向太阳一侧仅仅3500万英里的地方，有一颗充满希望的晨星，就是我们这个温暖的地球。绿色的植被、灰色的水域以及飘浮着云层的大气足显其土地肥沃。透过这些飘浮云层，他们看到人口稠密的宽广陆地和船帆如织的海洋。

而人类呢，这些居住在地球上的生物与火星人相比，其低劣程度就像猿猴和狐猴之于人类一样可怜。地球人已经认识到，生命就是不断地生存竞争，火星人似乎也有同样的想法。他们的世界早已开始冷却，而我们的星球仍然生机勃勃，不过对他们来说，地球上的生物只不过是一些低等生物。朝着太阳方向发动一场战争是他们逃脱灭亡的唯一机会。因为这毁灭正一代代地向他们逼近。

不过，在我们对火星人做出严厉的评价之前，应该也要记得我们人类也曾残酷杀害动物，比如美洲野牛和渡渡鸟，还包括灭绝很多“低等”种族。塔斯马尼亚人跟我们一样是人类，但欧洲的移民在种族灭绝的战争中只花了 15 年就把他们全部消灭光了。我们又有什么理由把自己当作传播上帝福音的人却抱怨火星人的想法呢？

火星人似乎非常精确地计算出自己的降落——他们的数学水平显然远比我们高得多——并且，他们几乎是同心协力地做好了各项准备。如果条件设备允许的话，可能在 19 世纪末早些时候我们就能观测到这些累积的灾难。

有些人，如夏帕雷利，他在观察火星（顺便提一句，好几个世纪以来，人们一直把火星当作战神之星）时就发现并在自己的地图上清楚地记录了一些颤动的光点，但无法解释这些光点的成因。火星人肯定就是在这段时间里做好的准备。

在 1894 年的冲期（即火星运行时离地球最近的时期），人们在火星表面上闪光的部分发现了一道强光，这最早是由立克天文台发现的，然后被尼斯的彼洛丁和其后的观察者相继发现了。英国的读者最早在 8 月 2 日的《自然》杂志上读到这个消息。而我倾向于认为这强光是由火星上的巨型大炮发射而产生的，它们被安放在火星上巨大的深坑中向地球方向射出。在其后的两个冲期里，在发射点附近，火星上又出现了难以解释的奇怪光点。

六年前爆发了场大风暴。当火星接近冲期，爪哇岛上的拉威尔向天文总台发了电报，他报告了一个惊人的消息——火星上喷射出一团炽热的气体。事情发生在 12 日的午夜，拉威尔通过分光镜看到一大团燃烧的气体——主要是氢气，以惊人的速度向地球移动。这团火焰在 12 点 1 刻以后就看不见了。他把火星上突然而猛烈迸发出的巨大火焰和气体比作“炮筒中射出的火焰”。

拉威尔的独一无二的比喻是贴切的。然而第二天，除了在《每日电讯》上有一条简短的报道外，其他报纸却没有报道只言片语。整个世界对人类即将面临的灾难一无所知。如果不是遇到了奥特肖的著名天文学家奥吉尔维的话，我也不会知道火星上这次气体大爆发。他得知爆发的消息后异常兴奋，立即邀请我当晚到天文台跟他一起观察这颗红色的星球。

尽管后来发生了很多事情，我对那晚在天文台守夜的情景仍然记忆犹新：黑暗而沉寂的天文台，罩灯投射在屋角的微光，望远镜上均匀的钟声嘀嗒作响，屋顶上一条小缝隙，透出星辰密布的天空。奥吉尔维走来走去，虽然看不到人影，但他的声音清晰可辨。透过望远镜，可以看到一个深蓝色的小圆圈，一个圆圆的星星在这个视野里浮动着。它看上去那么小，那么亮，一动不动，上面有些模糊的条纹，稍微有些呈扁圆形。然而它那么亮，银光微温，简直就是一个发亮发光的别针头！它似乎在颤动，但实际上这是望远镜的钟表摆动引起的振动，它把那颗星锁定在视野里。

我看着这颗星，它好像忽大忽小，时远时近，其实这不过是因为我的眼睛疲劳了而已。它离我们4000万英里——超过4000万英里的空间啊。很少有人理解这空间的浩瀚无边，其间，物质宇宙如尘埃。我记得在这颗星附近，有三个极小的光点，三个肉眼几乎看不见的遥远的星星，周围是深不可测的无边宇宙。你一定能体会黑暗寒冷的星空，在夜晚看上去是什么感觉，在望远镜里看去则更加深邃缥缈。然而我却无法看到它们向我们这里发射出的“东西”，因为它们太小，离我们太远，却正穿过浩瀚无边的星空，以一分钟几千英里的速度迅速而稳定地朝我们飞来。这些“东西”将给地球带来无数的战争和死亡。但我观测这颗行星时却绝没有想象到这些，地球上也没一个人能够想到这些准确无误的发射。

那天晚上，这颗遥远的行星上又喷射出一团气体。我亲眼所见。当测时表报时午夜12点时，火星的边缘又喷出一道红光。星体轮廓稍微突出了一点点，我告诉了奥吉尔维，然后他接替了我。那个晚上很温暖，我有些口渴，于是在黑暗中笨拙地摸索，走到放着苏打水的小桌子边上。这时听见奥吉尔维一声惊叫，他看见了那团气体朝我们地球涌来。

那晚火星上又有一团气体射向地球，那正是距第一团气体射出的24小时之后。我记得当时坐在桌子旁，四周一片黑暗，火红色和绿色的光点在眼前闪过。我很想抽根烟，并不清楚那些微弱光点意味着什么。奥吉尔维一直观察到1点钟才作罢，然后我们点上灯笼朝他家走去。山下的奥特肖和切特西两个小城笼罩在一片漆黑之中，居民们安然沉睡。

他对那晚火星上发生的事有很多的猜测，并且还嘲笑了火星人在向我们发信号的意见。

他猜测可能是火星上爆发了大规模的流星雨，要么就是猛烈的火山爆发。他还向我指出，在两颗相邻的行星同时出现生命的可能性是多么的小。

“火星上存在类人生命的概率只有百万分之一。”他说。

几百个人在当晚或是次日午夜观察到了火星上的气体爆发，然后第三天夜里和紧接着的十个晚上，都有一次爆发。没人想到要解释为什么十天之后爆发停止了。也许是大量的气体火焰给火星人带来了不便。浓密的烟尘在最精密的望远镜下好像是灰色的，飘动的斑块在火星的大气层散开，遮掩了人们平常所熟悉的地貌。

报社终于对这事有了反应，各地的报纸纷纷刊登了火星上火山爆发的通俗文章。我还记得，庄谐并举的《笨拙》杂志把它作为政治卡通的题材。然而，意想不到的是那些火星人朝地球发射的飞行器以每秒钟几十英里的速度穿过广漠的宇宙，一天天，一小时接一小时地离我们越来越近。现在看来，简直不可思议，在命运的危急关头，人们还在为身边的琐事忙碌着。我还记得，马克汉姆正兴高采烈地准备用刚获得的照片作为他编辑的报纸的插图。这个时代的人们很难想象19世纪报业的兴盛发达。而我自己呢，当时正在学习骑自行车，并忙于编写一系列讨论文明进步时道德观发展的文章。

一天夜里（第一次爆发的飞行器离我们仅有1000万英里远的时

候），我和妻子一起出去散步。天上布满星星，我给她解释星座的含义，又指给她看火星，一个爬向天顶的亮亮的小点，有那么多的望远镜正指向这颗星球。那是个温暖的星球。回家的路上，一群从切特西和爱尔沃斯回来的人唱着歌，放着音乐从我们身边经过。居民们正准备上床睡觉，家家户户都亮着灯。远处的火车站里传来了调车的轰鸣声，因为距离远，听起来十分柔和，好似旋律一般。妻子指给我看那些映衬在天空下明亮的红色、绿色和黄色信号灯。一切都显得那么宁静安全。

第二章　陨星降临

接着，陨星坠落的第一夜降临了。一大早，就看见天空中一条火光向东划过温切斯特上空。肯定有几百人看到了它，并且只把它当作了普通的陨星。阿尔宾描述道：陨星后面留下了一条绿色的尾巴，其光亮保持了几秒钟。而我们最权威的星象学家邓宁则说，它刚一出现的高度大约在 90 至 100 英里，他认为陨星应该落在他东面 100 英里的地面上。

那时我正在家里的书房里写作。虽然我的落地窗面向奥特肖，而且没有拉上窗帘（那些日子里我喜欢仰望夜空），但我却没有看到这一景象。这个袭击地球的奇怪东西一定是我俯身写作时降临的，否则当它经过时，只要我一抬头，肯定是能看见它的。有些看到它的人说它飞过去的时候发着咝咝声。可我什么也没有听到。在伯克郡、萨里和米德尔赛克斯郡的许多人都一定看到了陨星的降落，但他们最多认为它只是一颗普通的陨星。似乎没有人想过要去看那天晚上落下来的是什么东西。

但是可怜的奥吉尔维也看见了这个东西，他断定它就落在霍赛尔、奥特肖和沃金之间的公用地上，于是一大早就起身去找寻它了。黎明前，离沙坑不远的地方，他找到了它。这东西在地上砸出了个大坑，沙石被猛地抛向了各个方向，覆盖在石楠灌木丛上，形成了一个土堆，在一英里半以外都能看得见。东面的石楠正在燃烧，细细的青烟在拂晓中升起。

那个东西几乎全掩埋在沙土里，躺在降落时打断的冷杉树的残枝落叶之中。它露出来的部分像是一个圆筒的形状，表面给烧焦了，不过由于厚重的外壳的颜色是暗褐色的，轮廓显得柔和。它的直径大约有 30 码。他走近这个物体，对它的尺寸大为惊讶，因为大部分陨星都是圆形的或者接近于圆形。那个东西由于刚刚穿过大气层，所以仍然很热，使他无法靠近。圆筒里发出嗡嗡声，他认为是表面冷却不均造成的，那时他丝毫没有想到圆筒可能是空心的。

他就这么站在这个物体砸出的大坑旁边，紧盯着它怪异的外表，为它的形状和颜色所震惊，隐隐感觉这个东西的到来蕴含某种阴谋的迹象。早晨出奇地宁静，太阳照在威布利奇的松树上，已经有些温暖了。奥吉尔维记不得那天清晨是否有鸟叫，但肯定没有一丝微风，唯一听得到的声响来自圆筒的里面。他独自一人站在公用地上。

忽然他注意到覆盖着陨星的灰渣开始从圆筒的圆形边缘往下掉，就像雪花和雨滴掉落在沙地上一样。一大块灰皮突然掉在地上发出刺耳的声音，一下把奥吉尔维的心都提到嗓子眼儿了。

一时半会儿，他还没明白发生了什么事，尽管热气逼人，他还是爬下那个大坑来到圆筒的近前想看个清楚。甚至当时他还以为是不均匀的冷却造成了这一切，但仅仅是圆筒末端的灰掉下来仍使他迷惑不解。

然后他慢慢发觉，圆筒上的圆顶端开始缓缓转动。它转得相当之慢，他是在圆筒上五分钟前靠近他的一个黑色标记转到了圆周的另一端时才发现的这个异常。即使这样，他还没反应过来这是怎么一回事，直到他听见了低沉的嘎嘎声，看见那个黑色的标记向前伸出了大概一英寸，才恍然大悟。那个圆筒是人造的——是空的，并且一端是可以拧开的，里面正有东西在旋开圆顶！

“我的天哪！”奥吉尔维叫道，“里面有个人，里面有人啊！快被烤死了，他们正想逃出来呢！”

很快，灵光一闪，他马上把这个东西和火星上的闪光联系起来了。

一想到被关在圆筒里的生物，他觉得非常可怕，这使他忘了圆筒灼人的热量，想上前去帮助旋开盖子。幸运的是发烫的圆筒放出的热量阻止了他，不然他有可能会灼伤自己的手。他不知所措地在那儿站了几秒钟，然后转身爬出了沙坑，朝着沃金的方向拼命跑去。这时大约是 6 点钟。他碰上了一个马车夫，于是向他解释所发生的一切。但是他的故事和他的外表实在古怪——他的帽子掉在了坑里——马车夫没有理睬他，赶着车走了。霍赛尔桥边一家酒店正在打开门的伙计也不相信他的故事。那个伙计还以为他是疯子，还企图把他关进酒吧间。这举动使他镇定了一些；当他看见伦敦的记者亨德森在自家院子里，他隔着篱笆跟他打招呼，并讲述了发生的事情。

“亨德森，”他叫道，“你昨晚看见那颗陨星了吗？”

“是啊，怎么了？”亨德森说。

“现在它就在霍赛尔的公用地上。”

“我的上帝！”亨德森说道，“落下来的陨星！太好了。”

“不过那可不仅仅是一个普通的陨星。它是个圆筒——一个人造的圆筒，老兄！里面有东西呢。”

亨德森站了起来，手里还握着铁锹。

“什么？”他说。亨德森有只耳朵是聋的。

奥吉尔维告诉他自己所看到的一切。亨德森过了一分钟才明白他的话。他丢下铁锹，抓起自己的外套来到路上。两个人急匆匆来到了公用地，发现圆筒还在原地。不过里面悄无声息了，在筒身和顶部之间出现了一道细长的金属亮圈，空气正从这个边缘进进出出，发出轻微的咝咝声。

他们一边听着，一边用棍子敲了敲金属上的黑鳞，但没有任何反应。他们都认为：里面的那个人或那些人不是失去了知觉就是已经死了。

显然他们两个人也无能为力。他们大声喊了几句安慰和同情的话，然后回到镇子里去找人来帮忙。你可以想象当时的场景：他们两个人，浑身沙土，激动异常地跑到了太阳底下的街道上。那会儿正是店里伙计拉下帘子，人们纷纷打开寝室的窗子时，亨德森立即跑进了火车站，要给伦敦发电报。报上的那些文章已经让人们做好了接受这个消息的思想准备。

到8点钟的时候，一些孩子和无业游民开始往公用地上跑去，说要看看“火星上来的死人”。这恰是这故事的开头用的原话。大约8点3刻，我出去买我的《每日纪闻》时，第一次听到一个报童这样喊着。我自然大吃一惊，一刻也没耽误，立即穿过奥特肖桥，朝沙坑方向走去。

第三章　霍赛尔的公用地上

我发现一小群人，大约20个，围在圆筒造成的大坑周围。我先前已经描述了这个庞大的深埋在地下的东西的外形。它周围的草皮和沙石看上去都烧焦了，仿佛经历了突然的爆炸。毫无疑问，冲击造成了大火燃烧。亨德森和奥吉尔维不在那里，我猜想他俩认为目前无计可施，就到亨德森家里吃早饭去了。

四五个孩子坐在坑边上，晃荡着双脚，一边用石子向圆筒扔去，相互打闹。我赶紧制止了他们并告知圆筒的事，他们就开始在一群围观者中间玩起了捉迷藏。

围观人群中有两个骑自行车的人，另有一个在我家干过临时的花匠，一个抱着孩子的女孩，屠夫葛里革和他的孩子，另外两三个游手好闲的人和几个高尔夫球童，这些人通常是在火车站周围游荡的。没有什么人交谈，那个年代的英国平民很少有了解天文学知识的。大部分人只是静静地看着圆筒大圆桌般的顶部，它还是亨德森和奥吉尔维离开时的老样子。我想人们指望发现一大堆烧焦的死尸，但这纹丝不动的圆筒让他们大失所望。我在那里的时候，就有人离开，又有其他人过来。我爬进坑里，似乎感到脚底下有一点轻微的移动。而顶部确实已经停止了转动。

只有当我靠近这个物体时，我才深切感受到这个东西的奇特。第一眼看上去，老实说，它并不比翻倒的马车或路边被风刮倒的树更让人激动。但这些比喻并不怎么贴切，它看起来更像一个生锈的充气体。只有受过一定科学教育的人才看得出它外表的鳞片并非普通的氧化物，在那圆筒和盖子之间闪亮发光的黄白金属的确有种不同寻常的光泽。对大多数围观者而言，“外太空”这个词并没有太大的意义。

那时，我清楚地意识到这个东西来自火星，但不大相信里面有任何活着的生物存在。我觉得盖子的旋开是自动进行的。虽然奥吉尔维不那么想，我还是认为火星上有人存在。我开始胡思乱想会不会在圆筒里发现手稿，翻译它们时会不会有什么困难，以及我们能否在里面发现钱币和模型，等等。可要证实这么夸张的想法似乎是不大可能的。我简直等不及打开它。大约 11 点钟，看起来什么也不会发生了，我一边臆想着，一边向我在梅勃瑞的家中走去。可我发现，经过刚才一番抽象的实地考察，自己再也无法埋头继续工作了。

中午以后，公用地上的情形大变。晚报早版的巨大标题震惊了伦敦：

“从火星接收的消息。”

“来自沃金的奇闻。”

诸如此类。另外，奥吉尔维给天文局的电报惊动了英伦三岛上每一座天文台。

沙坑旁边的路上至少停有六辆来自沃金车站的马车，一辆来自乔布汗姆的轻型马车和一辆贵族气十足的马车。除马车外，还有一大堆的自行车。许多人顶着大日头，从沃金和切特西步行而来。加起来，沙坑旁边聚集的人群蔚为可观——其间还有一两位衣着华丽的贵妇人呢。

天气很热，没有一丝云，也没有一点风，唯有零星的几棵松树洒下的一些树荫。燃烧的石楠火已经灭了，放眼望去，这里到奥特肖的平地都给烧焦了，不断向上散发出缕缕烟雾。乔布汗姆的一个精明的食品小贩，已让儿子推来一车绿苹果和姜汁啤酒。

我走到沙坑边上，发现这里已经围着五六个男人，其中有亨德森、奥吉尔维和一个高高的浅色头发的男子，后来我才知道他叫斯顿特，皇家天文官。还有几个拿着十字镐和铁锹的工人。斯顿特用清楚的高调嗓门发号施令。他站在圆筒上——它现在明显冷却很多；他满脸通红，热汗直流，似乎正为什么事发火。

圆筒的大部分都给挖出来了，可它的下端仍然埋在地下。奥吉尔维从坑边围观的人群中看到我，就叫我也下到坑里，问我是不是想见见希尔顿勋爵，这块地的主人。

他说，越来越多的人，尤其是孩子延缓了他们的挖掘工作。他想竖起一道轻便的围栏以便把人群挡在外头。

他告诉我，偶尔还能听到圆筒里轻微的声音，但是工人们无法打开顶部，因为上面没有供他们抓的扶手。这个容器看起来非常厚，因此有可能外面听起来极轻微的声音在里面却是非常的嘈杂。

我很高兴按照奥吉尔维说的去做，这样，在这个被人围观的圈地里，我就成了一个享有特权的观众了。我在希尔顿的房子里没有找到他，不过我被告知他将会搭乘下午 6 点钟从伦敦开往滑铁卢的火车；而这时刚好是下午 5 点 1 刻，我先回家喝了点茶，然后走向火车站，以便在路上迎上他。

第四章 圆筒打开了

当我回到公用地上时，太阳开始落山了。分散的人群正从沃金方向急急赶来，也有一两个人转身离开。沙坑边的人更多了，大约有二百多人吧，黑压压的影子映衬着柠檬黄的天空，十分醒目。有人大声喧哗，仿佛坑边还发生了什么争斗。一种奇怪的念头越过我脑海。当我走得更近时，听见了斯顿特的声音：

"退后！退后！"

一个男孩向我跑来。

"它在动呢，"他跑过我的时候嚷道，"它正在转动，已经旋开了，我可不喜欢这玩意儿，我要回家了。"

我继续朝人群走去。我想，那里的确有两三百人，互相推推搡搡的，其中那两位贵妇人也毫不示弱。

"他掉进坑里啦！"有人叫起来。

"退后！"几个人说。

人群松动了一些，我挤了进去。每个人看上去都很激动。我听见坑里传出一种奇怪的嗡嗡声。

"喂！喂！"奥吉尔维说，"让这些傻瓜退后。我们还不知道这里面有什么名堂呢。"

我看见一个年轻人——我想他是沃金一个商店里的伙计，站在圆筒上并想从坑里爬出来。他是被人群挤下去的。

圆筒的末端开始从里面给旋了出来，露出了大约两英尺长闪闪发亮的螺丝。有人撞了我一下，差点儿让我掉到盖子顶上。我转过身，就在这转身的一刹，螺丝一定给旋出来了，因为我听见了圆筒的盖子掉在地上发出砰的一声。我用手肘捅了一下站在我身后的那人，又转回头去看着那个东西。有那么一会儿，圆筒里看上去一片漆黑，夕阳西下了。

我猜想每个人都巴望圆筒里钻出个人来——或许跟我们人类不大相同，但应该还有一种人样。我反正是这么想的。但是，看着看着，我看见阴影里有什么东西在蠕动。一种灰色的波状的运动，一波接一波，然后露出一双像两个大圆盘样的眼睛，然后看见一种小灰蛇样的东西，大约有手杖那么粗，从这个蠕动的中心扭出来，在空中朝我舞动——然后又出来了另一根。

我突然感到不寒而栗。身后传来一个女人的惊声尖叫。我半侧过身子，一边从沙坑边后退，一边眼睛仍紧盯着圆筒，只见又有些触须从里面伸了出来。此刻，四周人们脸上的惊奇表情已为恐怖所代替。四面八方是一派含混不清的惊叫声。人群开始朝后退。那个店里的伙计还在坑边挣扎着往外面爬。我发现自己孤零零一人，沙坑另一边的人开始逃跑，斯顿特也在其中。我又看了看圆筒，一种难以遏制的恐惧袭上心头，我呆若木鸡，眼睛发直，盯着圆筒。

一个硕大的灰色圆形物体，大小和一头熊差不多，正从圆筒里慢慢地费力地冒出来。当它全部舒展开并被阳光一照时，像湿皮革一样闪闪发亮。

两个大大的深色眼睛死死地盯住我。固定这双眼睛的大团东西，大概是它的头部吧，也是圆的，也可以说那是一张脸。眼睛下面是嘴巴，它没有嘴唇，一边抖动一边喘着粗气，还淌着口水。这个生物整个地在痉挛着，喘息着，颤抖着。一根触须一样的附肢抓着圆筒的边缘，另一根则在空中挥舞。

如果从来没有看见过火星人，很难想象得出这么恐怖的外形。奇怪的V形嘴巴和凸起的上嘴皮，没有眉骨，楔形的下嘴皮下面也找不到下巴，嘴巴不停地颤动着，长着一条条像神话里女怪身上的触须，它的肺在陌生的空气里粗重地喘息，由于地球的重力比火星上大得多，它的动作显得笨重和吃力。特别是那双骇人的大眼睛，一眼看去就给人一种致命的、紧张的、野蛮的、残缺和怪异的感觉。

它油腻的棕色皮肤上好像长着些瘤子，它缓慢笨拙行动的样子让人觉得恶心。即便是第一次遇见，第一眼便让我觉得厌恶和恐怖。

突然那个怪物消失了。它从圆筒的边缘跌倒，掉进了坑里，发出的响声就像一大堆皮革掉在地上。我听见它的叫声奇特而又粗壮。随后，另一个这样的东西，又从圆筒的阴影里冒了出来。

我转身疯也似的朝几百码外的几棵小树跑去。不过我是跌跌撞撞斜着身子跑的，因为我的视线无法离开坑里的那些东西。

我喘着气，在几棵幼松和金雀花灌木丛中站定，等待事态的进一步发展。公用地上零星站着几个人，像我一样吓得半死，目不转睛盯着那些生物，或者望着沙坑边那些东西占据的土堆。我看见一个圆圆的东西在沙坑边一上一下动着，那正是掉进坑里那个伙计的头，不过在火红的太阳下，他的头看起来不过是一个小小的黑色物体。这时，他的肩膀和膝盖也露出来了，但接着他好像又滑了进去，只露出脑袋。突然，他消失了。我甚至听见他轻微的叫声。我一时有些冲动，想跑回去救他，但恐惧阻止了我。

然后所有的东西都看不见了，都被掩盖在了圆筒下落时形成的沙坑土堆里。任何一个从乔布汗姆和沃金来的人，只要看到这个景象，无不感到惊奇——上百人围成一个不规则的圆圈，在水沟里、在灌木丛后面、在门后面和篱笆后头，相互之间，极少说话，只断续地呼叫着，就这么盯着，紧紧盯着那几堆沙土。那桶姜汁啤酒被撂在路边，像个古怪的废弃品，被夕阳下红色天空映衬得黑乎乎的。沙坑边有一排遗弃的马车，马儿有的在吃马粮，有的在用蹄子扒地。

第五章 热光

自从看了一眼火星人从圆筒（他们就是乘着这个东西从火星来到地球）里出来的情景，我的行动就被迷惑麻痹了。我就这样站在齐膝深的石楠丛里，死盯着挡住他们藏身处的土堆，心中充满了恐惧和好奇。

我不敢回到沙坑边上去，却忍不住想偷窥。我开始走动，绕着一个大圈，尽量找个有利的位置，好继续观察这些来到地球的不速之客。有一次，一条黑色的鞭状物，像章鱼臂似的，在夕阳中闪烁了一下，又很快缩了回去，接着一个细细的棍子，一节节地升了起来，它的顶端是一个圆盘，颤悠悠地晃动着。那里究竟在干吗呢？

大部分的围观者分成了两队——一小队人朝沃金方向，另一大队人马朝乔布汗姆方向走去。显然他们和我一样，内心很是矛盾。我周围没几个人。靠近我的一个人——可能是我的一个邻居，不过我不知道他的名字，我上前和他搭话，但他并没有搭腔。眼下还真不是认真交流的时候。

“多丑陋的家伙！”他说，“天哪！多丑陋的家伙！”他一遍一遍地重复着。

“你见到坑里有人吗？”我问他。但他并不回答。我们又都沉默下来，肩并肩站在那里看着，觉得有个同伴在身边比较安全。然后，我又移到一个小土堆上，那里位置有利些，比原来高出一两码。当我再寻我的邻居时，发现他已经朝沃金方向走去了。

日暮西山，一片茫茫，再也没有什么事发生。左边远去的人群，那是沃金方向的，好像增加了些。我能听见他们那边传来模糊的喧声；乔布汗姆方向的一小群人已经走散了。坑里一点动静都没有。

这似乎给了人群一些勇气，我想从沃金新过来的一些人也给大家壮了胆。不管怎么说，当黑夜慢慢降临，沙坑边的人开始断断续续地活动，黑夜中圆筒纹丝不动也给了人们些力量。直直的黑色人影，三三两两，朝沙坑走去。一会儿前进，立定，观察，然后又往前走。在沙坑四周形成了一个细长的不规则的新月形。我呢，也一样，开始朝沙坑方向走去。

这时我看见一些马车夫和其他人大着胆子向沙坑走过去，听见马蹄的踢踏声和车轮碾地的声音。还看见一个小伙子推走那车苹果。接着，在离沙坑30码的地方，从霍赛尔方向走来了一小队人群的黑影，为首的挥舞着一面白旗。

这是一个代表团。他们紧急商量了一下，认为尽管火星人外貌丑陋，但总算是智慧生物，所以打着一定的信号向火星人表明，我们同属智慧生物。

哗啦，哗啦，旗子在空中挥舞着，一会儿朝左，一会儿向右。我离得太远，看不出那里都有谁，后来我才知道奥吉尔维、斯顿特和亨德森他们都在这个代表团里，试图和火星人进行交流。这一小队人在前进中，已和后面跟着的大群人一起形成了圆圈。几个朦胧的黑色人影，小心翼翼地在他们身后保持着距离。

突然出现了一道闪光，从那坑里冒出三道明亮的绿色烟雾，一道接着一道，直入寂静的夜空。

这些烟雾（也许说火焰更恰当些）是如此明亮，以至于当它们升空时，头顶上深蓝色的天空和通往切特西的长着松树的褐色公用地，变得一片黯然。当浓烟散尽之后，一切都显得越发黑暗。同时，轻微的咝咝声又响起来了。

坑的那头，一小队人站成楔形，举白旗的站在最前面。他们被这情况吓呆了，一个个黑色身影就这么呆呆地僵立在黑色土地上。当绿色烟雾升起时，他们的脸被映成了绿色，然后随烟雾消失而还原。咝咝声慢慢地变成了长长的响亮的嗡嗡声。一个鼓起来的东西缓缓从坑里冒了出来，那道幽灵般的光柱似乎就是从里面发出的。

接着，真正的火焰射出来了。一道道明亮耀眼的火光发射出来，在散开的人群中爆发，好像某种看不见的气流打在他们身上，立即化作白色的火焰。突然间每个人都化成了一团火。

在这死亡的火光里，我看见他们摇摇晃晃地倒下，他们身后的人转身就跑。

我站在那里看着，还没反应过来死亡已经降临到了远处那群人身上，一个接一个。我只是觉得怪异。无声无息，眩光一闪间，一个人就倒在地上，一动不动了；当刺眼的热光扫过他们，松树也烧着了，每一丛干燥的金雀花树都发出闷响，化作火焰。远处通往奈普山方向，我看见树木、篱笆、木房子都着火了。

这死亡的火焰，这看不见、逃不掉的热光之剑，正迅速而有序地横扫四周。我看见它烧着了我附近的灌木丛，离我越来越近了。我吓得无法动弹。我听见了沙坑里的火焰噼啪作响，马匹嘶鸣。然后又突然归于沉寂。灼人的热浪像手指一样，伸进我和火星人之间的石楠丛，在沙坑边缘形成一条弯曲的曲线，黑色地上冒着烟发出噼啪声。左边很远处有什么东西爆裂开来，沃金车站通往这里的路打开一个口子。顿时，嗞嗞声和嗡嗡声骤然停止，那个黑色的像圆屋顶一样的物体慢慢沉入坑里，看不见了。

所有这一切快得让我无法反应过来。我被闪光惊得目瞪口呆，眼花缭乱。如果那道死亡热光画出一道圆圆的圈，我必死无疑。但是闪光从我旁边掠过，放过了我，而周围的黑夜显得更加黑暗、陌生。

起伏不平的公用地漆黑一片，只有道路在前半夜深蓝色的天空下呈现出灰白色。夜是黑的，人们突然没了踪影。头上的星星开始密集起来，西面的天空仍灰白微亮，带点蓝绿的颜色。松树梢和霍赛尔屋顶的黑色轮廓清晰地映在西面的天空下。此时，除了一根细细的杆及上面转动的镜子以外，火星人连同他们的仪器都不见了。灌木丛和散乱的树木在四下冒着烟，静静地燃烧。沃金附近的房子上的火光冲向寂静的夜空。

极度恐惧。那一小队举白旗的小黑影被毁灭了。在我看来，这黑夜的宁静似乎根本没被打破。

此时，站在这黑暗的公用地上，孤立无助，没有保护，我突然感到恐惧。

我艰难地转过身，趺趺撞撞穿过石楠丛。

这恐惧绝非普通，不仅是恐惧火星人，还恐惧周遭的黑暗和寂静。这种骇人场面让我惊慌，像小孩子般边跑边无声地流泪。我转过身，不敢回头看。我还记得，自己有一种被人玩弄的感觉，总觉得在我就要到达安全地带的时候，那神秘的死亡——闪电般的热光——就会从我身后的沙坑里一射而出，将我击倒在地。

第六章 热光肆虐乔布汗姆路

火星人杀起人来怎么这么快，这么悄无声息呢？这至今是个谜。很多人认为他们设法在一个绝缘的舱室里制造出剧热，通过使用一种成分不明的抛光反射镜，将热能以平衡光束发射到他们选定的任何物体上，就像灯塔上用凹透镜反射阳光的道理一样。但是没人能证明这些观点。

不管他们是怎么操作的，可以肯定的是这热光是这物质的基本要素。这是隐形的热，而不是看得见的光。无论它碰上什么东西都会燃烧，它把铅化成水、把钢铁变得柔软、烧化玻璃，当它落到水里，水立刻就爆炸成蒸汽。

那天晚上将近有四十个人躺在沙坑边，星光下，他们烧焦变形的尸体已经无法辨认，整个晚上，霍赛尔和梅勃瑞之间的公用地上火光冲天，没有一个人影。

大屠杀的消息大概同时传到乔布汗姆、沃金和奥特肖。当悲剧发生时，沃金的商店已经关门了。许多人，像那些店里的伙计和其他居民，被听到的故事所吸引，越过霍赛尔桥，沿着篱笆向通往公用地的路上走去。你可以想象，在一天的劳作之后，年轻人梳洗完毕，把这个新闻当作了寻找新鲜刺激和散步的好借口。你不难想这一路上喧闹的人声吧……

当然，到那时沃金很少有人知道圆筒已经打开了，虽然可怜的亨德森已经派一个报信人骑车到邮局去给晚报发特别电报。

当这些人三三两两来到公用地上的时候，他们看到一小群人正在激动地议论着，窥视着沙坑上露出来的旋转镜子，不用说，新来的人也被这种激动的场景感染了。

晚 8 点半，即代表团遇难的时候，这里有大约三百多人，包括那些离开道路离火星人更近的人。当时有三个警察，其中一个骑着马，他们在斯顿特的指挥下，尽量让人群后退，避免他们接近圆筒。人群里发出嘘声，对于那些头脑简单容易冲动的人来说，聚众是制造混乱和恶作剧的机会。

斯顿特和奥吉尔维，早料到会发生一些冲突。当火星人刚一出现，他们就从霍赛尔给兵营发了电报，要求派一连的兵力来保护这些奇怪生物免遭暴力袭击。然后，他们才回来领导了那个不幸的代表团。他们的死亡，人们的描述同我的印象完全一致：三股绿烟，低沉的嗡嗡声，耀眼的火焰。

但这群人的逃生经历比我更为惊险。多亏一个石楠丛沙堆挡住了热光，救了他们的性命。如果凹透镜再高几码，就没人能活着回来讲这个故事了。他们看见了火光，看见有人倒下来，就好像一只看不见的手点燃了灌木，在黑夜里朝着他们射过来。随即，在嗡嗡作响的土堆上一声呼啸，热光擦过他们的头顶，点燃沿路的山毛榉的树梢，炸裂了墙砖，打碎了玻璃，燃着了窗框，又毁坏了最近拐角一座房子部分屋顶山形墙。

突如其来的砰砰声，燃着的树枝的噼啪声和呲呲的火光，让那惊慌的人群一时不知所措。火星儿和着火的树枝开始落到路上，着火的树叶像团团的火焰，帽子和衣服也着火了。这时从公用地上传来了哭声。到处是尖叫声和喊声，突然间一个骑马的警察冲进混乱的人群，两手紧抱着头，惊叫着。

“火星人来了！”一个女人尖声叫着，马上所有的人转过身，推挤着后面的人，想往沃金的路上逃跑。人群在黑夜里，像受惊的绵羊，四散奔逃。篱笆间的道路在高土堆之间又黑又暗，人们挤成一堆，相互争抢着逃命。并不是所有人都逃了出去，至少有三个人——两个女人和一个孩子，被人群挤倒践踏，在一片恐惧和黑暗中丧生了。

第七章　逃亡归家

我自己如何飞奔逃跑的情形，已不大记得。只记得不停撞在树上和石楠丛里蹒跚绊倒的紧张。满脑子都是火星人的恐怖想法：无情的热光之剑前后飞舞，在我的头上舞个不停，一直到要了我的命。我走到十字路口和霍赛尔之间的路上，沿着小路朝十字路口跑去。

终于，我再也跑不动了。情绪的激烈波动和飞奔逃命让我筋疲力尽，我踉跄跌倒在路边。这距煤气厂穿过运河的桥不远。我倒下来，动弹不得。

我一定在那儿躺了很久。

我坐起来，感到有些困惑。有那么一会儿，我甚至记不清楚自己怎么到这儿的。此刻，恐惧像脱去的一件衣服从我身上消失了。我的帽子没了，衣领子也松了。几分钟前，我所面对的事只有三件是真实的——无边无际的黑夜、宇宙和自然，我的软弱无力和痛苦，以及近在咫尺的死亡威胁。

现在呢，事情好像有了变化。我的观点突然改变了。从一种心态转移到了另外一种心态，自然而然的。我顿时成了平常的我——一个体面的、普通的公民。沉寂的公用地，逃跑时的冲动，燃烧的火焰，仿佛都只是一个梦。我问自己：这些事的的确确发生过吗？无法相信。

我站起身，摇晃着爬上桥的陡坡。脑子一片空白，神经和肌肉好像已经完全丧失了力量。我敢说自己一定像个醉鬼一样蹒跚。从桥拱上冒出一个头，一个提着篮子的工人身影出现了。他身边跑过一个小男孩。那男孩经过我时道了声晚安。我本想对他说话，但没说出来。我含糊地回应了他的晚安，继续在桥上走着。

在梅勃瑞的高架桥上，驶过一辆南去的火车，吐着白色的带着火光的滚滚浓烟，拖着一长串灯光明亮的窗格。“轰隆隆，轰隆隆，轰隆隆”的声音，渐行渐远，然后就不见了。在有一排漂亮尖顶房子的叫“东方巷”的小街上，一群人在其中一座房子的门边交谈着。这一切是那么真实和熟悉。而我身后呢，那个疯狂的古怪的世界！我试图努力告诉自己，这不是真的。

可能我是一个心思特别的人。我不知道自己和别人有多大区别。有时我会产生一种与自我和这个世界完全分离的奇怪感觉；我好像以一个局外人的身份，从某个非常遥远的地方，在时间和空间以外，从处在其中的压力和悲剧之外，看着它。那晚这种感觉尤为强烈。这也是我梦幻的另一面。

但问题是，这里的平静和那边两英里外急遽的死亡是多么不协调。在煤气厂里传来了开工的声音，电灯全都亮起来。我在那群人中停下脚步。

“公用地上有什么消息吗？”我问道。

门边有两个男人，一个女人。

“嗯？”一个男人转头应道。

“公用地上有什么消息吗？”我又问。“你刚才不是在那儿吗？”另一个男人回应我。

“好像大家对公用地那边的看法都很愚蠢呢。”门边的一个女人说，“到底出了什么事？”

“你没听说火星人的事？”我问，“来自火星的生物？”

“听得够多了，”那个女人说，“谢谢。”三个人都大笑起来。

我觉得又好气又好笑。我又试图向他们解释我看到的事。但他们的嘲笑打断了我断续的语句。

“你们会听到更多的。”我一边说着，一边朝家里走去。

妻子在门口被我衣衫褴褛的样子吓了一跳。我走进饭厅坐了下来，喝了点葡萄酒，刚平静下来，就给她讲述我看见的一切。晚饭上来时已经凉了，我没空理会，只是讲我的故事。

“有一点，”为了减轻我讲述的恐惧，我说，“他们是我看见过的爬行动物里行动最缓慢的。他们占据着沙坑，杀死所有靠近他们的人，但他们却没有法子爬出沙坑……可是他们真的好可怕啊！”

“别说了，亲爱的！”妻子说，皱着眉，拉着我的手。

“可怜的奥吉尔维！”我说，“想不到他竟死在那里！”

至少妻子不认为我在胡说八道。但我看见她的面色惨白，赶紧住了口。

“他们会到这儿来的。”她一遍遍重复着。

我劝她喝些酒，试图安慰她。

我说："他们几乎动不了。"

我开始重复奥吉尔维关于火星人不可能在地球上生存的说法来安慰她和我自己。我特别强调了重力的困难。地球表面的重力是火星表面的三倍。尽管火星人的肌肉力量不变，他们的重量将是在火星上的三倍。他们的身体会像穿了件铅制长袍。这个观点是大家都接受的。第二天的《泰晤士报》和《每日电讯》都坚持这个观点。但它们都和我一样，忽视了两个基本事实。

我们现在知道，地球上所含氧气远超过火星，或者说氩气含量远少于火星（这两种说法都可以）。充盈的氧气抵消了火星人在地球上增加重量的不适。另外，我们还忽略了这样一个事实，有如此机械智能的火星人，在紧要关头是用不上筋骨劳顿的。

但我当时并没有考虑到这些问题，所以我的推理完全是死路一条。借着酒足饭饱和坐在自家饭桌旁的安稳，以及让妻子安心的愿望，我渐渐又有了勇气和安全感。

"他们做了件蠢事。"我说，一边玩弄着酒杯，"他们危险的举动不过出于恐惧罢了。可能他们没想到会碰到活着的生物——更不要说是活着的智慧生物。"

我说："最坏的情况是给坑里发射炮弹，一颗炮弹就能把他们全部干掉。"

这些事情的强烈刺激使我处于一种异常敏感的状态。即使现在，我还清清楚楚地记得当时在餐桌旁的情形。粉红色灯罩下妻子柔和的脸上充满担忧，望着我。白色的桌布、银器和玻璃饰物——在那些日子里，哲学作家也有些许的奢侈品——我酒杯里紫红色的酒如照片般清晰。我坐在桌子的另一端，抽根烟定了定神，一边为奥吉尔维的轻率感到可惜，一边谴责火星人的短视和胆小。

这情形好比毛里求斯自命不凡的渡渡鸟，待在自己窝里不可一世地讨论着某只船上无情水手的到来："亲爱的，我们明天会啄死他们。"

我还不知道，这是我在以后漫长而可怕的日子里吃到的最后一顿文明的晚餐。

第八章 星期五晚上

对于我来说，在星期五晚上发生了这许多奇怪而令人惊诧的事情中，最不寻常的一件是：我们的社会秩序中的一些陋习，竟和颠覆这种社会秩序的一系列事情相吻合。仍然没有一点变化，大家对即将发生的彻底颠覆这种社会秩序的一系列事情竟然毫无察觉。星期五的晚上，如果你以沃金的沙坑为中心画一个半径为五英里的大圆圈，除了死去的斯顿特、三四个骑自行车的人和几个伦敦人的亲属以外，我怀疑在这圆圈之外，你能否找到这么个人——他的情绪和习惯完全被这些天外来客所感染。当然许多人已经听说了圆筒的事，并当作闲谈的话题，但这件事情的影响绝没有德国的最后通牒那么轰动。

在伦敦，那天晚上，可怜的亨德森关于圆筒被逐渐旋开的电报竟被当作谣传，报社给他拍电报要求证实，但没有收到回音——当时他已经遇害——于是不出号外了。

即便是五英里以内，大部分人也保持原来的状态。前面我已经描写了和我对话的男女的举止。整个地区的人们在如常吃着晚饭，工人们劳累了一天，在自家花园侍弄着花草，孩子们被安顿上床，年轻人在街头漫步，谈情说爱，学生们在做功课。

也许乡村的街道已有关于这事的传闻，这成为酒店主要的新奇的话题，到处是传播消息的人，甚至有一个见证事件经过的目击证人引起了一些骚动和喧嚣。人们大呼小叫，跑来跑去。但总的来说，人们一如既往地生活着，好像从来就没有火星人从天而降这么回事儿。即便在沃金车站、霍赛尔和乔布汗姆情况也都如此。

在沃金车站都很晚了，火车有的走走停停，有的调车开往支线。旅客们上上下下，有的在等着火车进站。一切都很平常。镇上来了一个男孩，正在叫卖刊登了下午新闻的报纸，打破了史密斯的专卖权。车厢的哐当撞击声，站台上火车尖锐的汽笛声，掺杂着报童“火星人来了”的叫卖声，让晚上 9 点钟进站的人们激动起来，但这效果至多不超过一个醉汉所能带来的骚动。去伦敦的乘客，从车厢里向外面的黑夜张望，看见霍赛尔方向有一些时隐时现的火星闪烁，一道红色的闪光，以及星星下飞快飘动的薄薄的烟雾，他们只当是石楠丛着火罢了。只有在公用地边缘周围才能看到一些骚动的迹象。沃金边界上半打的别墅房子在燃烧着。公用地旁三个村里所有的房子灯都亮着，村民们直到天亮都没睡觉。

人们来来去去，好奇的人群不安地徘徊，始终逗留在乔布汗姆和霍赛尔的桥上。有一两个胆子大的人——这是后来发现的——悄悄摸黑走近火星人；但他们却再也没回来，因为不时有一道闪光，就像军舰上的探照灯一样的光束扫过公用地，而那致命的热光紧随其后。除此以外，那块巨大的公用地上寂静荒凉，一些烧焦的尸体在星光下，整整一夜又一天。坑里传来了敲击的声音，许多人都听见了。

这就是星期五晚上所发生的事。这个圆筒，像一支毒镖插进我们这个古老地球的皮肤，只是它的毒性暂时还没有发作。在它的周围是一片沉寂的公用地，几处还在冒烟，有几处隐约看见些黑乎乎的东西，以扭曲的姿势躺在地上。到处是燃烧的灌木丛和树丛，远处是骚动的边缘，更远处则火焰还未烧到。世界的其他地方，生命之溪跟千百年来一样流淌，然而一场即将阻塞静动脉、摧毁神经、破坏大脑的狂热战争就要开始了。

整个晚上，火星人都在他们自己的圆筒上敲敲打打，不知疲倦，白绿色的烟时不时地旋转地升上星光闪闪的天空。

大约晚上 11 点，一个连的士兵从霍赛尔开来，沿公用地边缘部署，形成一个警戒线。随后，从乔布汗姆又开来一个连，部署在公用地的北面。从印克曼军营来的几个军官很早就到了公用地，其中一名伊顿少校，据报道他已经失踪了。一个团长来到乔布汗姆桥，半夜里都忙着向人群打听情况。军方显然意识到事态的严重。大约晚上 11 点钟，据次日的晨报报道，一个骑兵中队，两挺马克西姆重机枪，约四百人的卡迪根兵团从阿尔德肖特出发了。

午夜后的几秒钟，在沃金的切特西，人们看到一颗星从天而落，落在了西北方的松树林里。它是绿绿的，像夏日的闪电悄无声息。这是第二个圆筒。

第九章 火星人开战

在我的记忆里，星期六这天充满焦灼不安。天气又闷又热，让人疲倦，听说当天的气压表波动得厉害。我没怎么睡，很早就起床了，妻子睡得很好。早饭前我来到花园里，站在那里倾听，但除了云雀的声音，公用地那里没有别的动静。

送奶工照常来了，我听见他车子吱嘎的声音，于是绕到侧门边向他打听最近的消息。他说昨晚部队已经包围了火星人，枪炮已准备好了。这时，熟悉的令人欣慰的声音响起来，我听见一列火车朝沃金方向开去。

“只要有可能避免，”送奶工说，“我们并不想杀了他们。”

我看见邻居也在花园，就和他随便聊了一会儿，然后回去吃早饭。这是一个十分平常的早晨。我的邻居认为军队会在白天俘获或者消灭火星人。

“只可惜他们不愿意让我们靠近，”他说，“不然，了解一下他们怎样在另一个星球上生活一定非常有趣，说不定还能从他们身上学到些什么呢。”

他来到篱笆边，递给我一把草莓，他喜欢园艺，所以收获甚丰。同时他也告诉我，白福利特高尔夫球场附近的松林给烧掉了。

“他们说，”他接着说，“在那边那该死的东西又落下一个——第二个了。光一个就够受了。等那片公用地上的事儿完了以后，保险公司会花不少钱呢。”他笑了笑，神情极为幽默。他说，那片树林还在燃烧，并指给我看远处一片烟幕。“厚厚的松针和泥炭，地上还要热上好几天呢。”当提到“可怜的奥吉尔维”时，他神情严肃起来。

早饭后，我没有事做，决定走到公用地那边去。在铁路桥底下，我看见了一队士兵——我想他们是工兵吧。他们戴着小小的圆帽子，肮脏的红色外套敞开着，露出了里面的蓝衬衫、深色的裤子，靴子捋到小腿上。他们告诉我，运河那边不让任何人通过。沿着路边朝桥的方向望过去，我看见一个卡迪根的哨兵在站岗。我和这些士兵聊了一会儿，告诉他们头天晚上看到火星人的情形；他们谁也没看见过火星人，对火星人的概念很模糊，于是向我问了好些问题。他们说不知道是谁授权这支军队的行动，他们还以为骑兵队里出了什么争端。普通的工兵比普通的步兵的受教育程度要高得多，他们敏锐地分析着可能发生的战争的特殊情况。我向他们描述了热光的情况，他们就开始争论了起来。

“我说，利用掩蔽物偷偷爬过去，再来个突然袭击。”一个工兵说。

“是啊。”另一个说，“但什么掩蔽物对热光有效呢？它能把你烧熟了！我们只能利用地形尽量靠近火星人，然后挖一条壕沟。”

“去你的壕沟吧！就知道挖沟。你天生就是只兔子吧，斯尼皮。”

“火星人没脖子，是吗？”第三个士兵突然插嘴说——小小的个儿，黑黑的，叼着个烟斗，沉思的样子。

我又重复描述了一下。

“章鱼，”他说，“我就这么叫他们，讨论一下捕鱼人吧——这回可是斗鱼士了。”

“杀死火星人不算罪过。”第一个工兵说。

“干吗不给一颗炮弹结果他们？”小黑个士兵说，“天晓得火星人会搞些什么名堂。”

“你的炮弹呢？”第一个工兵又说，“没时间了。突袭吧，依我看，要动手就得快。”

他们就这么谈论着。过了一会儿我离开了他们，继续朝火车站走去，想到车站多买点报纸。

我不想多废笔墨描述那漫长的一天，免得读者烦扰。我也没能看一眼公用地，因为就连霍赛尔和乔布汗姆教堂的钟楼都被军方控制了。先前和我说话的士兵什么都不知道，军官们则一脸神秘莫测，忙来忙去。我发现镇里的人因为军队的到来又有了安全感。我头一次从烟草商马歇尔老板那儿听说，他儿子也在公用地上丧生了。士兵们让霍赛尔附近的居民们锁好门，离开自己的房子。

大约下午 2 点钟，我回家吃午饭，感到非常疲倦，我前面已说过，天气异常闷热。为了提神，我下午冲了个凉水浴。大概下午 4 点钟，我到车站上去买份晚报，因为早报对亨德森、奥吉尔维和其他人的死报道得非常不准确。但是晚报上也没有什么新消息。火星人再也没有露面。他们在坑里好像忙碌着，不时传来敲击声，不断有烟雾往外冒。显然火星人在为战斗做准备。“再次用信号跟火星人联系，但没有成功。”报上就这句套话。工兵告诉我，信号是由一个人站在沟里举着一面旗子发出的。但这并没有引起火星人的注意，就像我们不会理会一头牛的哞哞叫声。

我必须承认，眼前这严阵以待的场面，让我激动不已。我开始想象自己冲锋陷阵，用各种战术摧毁入侵者，我学生时代打仗立功的英雄主义梦想又回来了。当时我觉得那绝不会是一场势均力敌的战争。因为火星人在坑里显得那么的孤立无援。

大约下午 3 点钟，隔开一定时间，从切特西和阿特尔斯东那边传来了间歇的炮声。我得知那是第二个圆筒落地，在冒着烟的松林遭到了炮击，人们想在圆筒打开之前就摧毁它。但是直到下午 5 点左右，第一门野战炮才被运到乔布汗姆用来对付第一批火星人。

晚上 6 点钟，我和妻子在凉亭坐着喝茶，兴致勃勃地谈论着降临到我们头上的战争。我听见公用地上传来了沉闷的爆炸声，紧接着枪声大作。然后就是一阵轰响，离我们很近，连地面都震动了起来。我朝公用地跑去，看见东方学院那边的树林的树梢裹着浓烟爆发出一片红色火焰，旁边小教堂的塔楼倒塌了。学院那排屋顶看起来好像被几百吨重的大炮轰炸过，我家的一个烟囱好像也被炮火击中，稀里哗啦顺着瓦片滑下来，砸到我书房窗边的花坛上，形成了一堆红色烂瓦。

我和妻子看得目瞪口呆，随即意识到既然东方学院都倒塌了，梅勃瑞山的山顶就在火星人热光的射程范围以内了。

我抓住妻子的手，顾不得仪态拉着她朝路上跑。然后我找到用人，告诉她我会亲自到楼上取那只她吵着要带走的箱子。

“我们不该待在这儿。”我说。就我说话的当儿，公用地那边又开火了。

“可我们能去哪儿呀？”妻子惊恐地问道。

我费劲寻思了一下，然后我想起了她住在莱泽尔黑德的堂姐妹。

“去莱泽尔黑德！”我大声叫道，努力想压倒炮声。

她的目光离开我朝山下看去，人们纷纷从自家房子里出来，惊慌失措。

“我们怎么去莱泽尔黑德？”她问。

我看见山下有一队轻骑兵正从铁路桥下驰过，三个人飞奔着进入东方学院敞开的大门，另两个下了马，挨家挨户跑过去。此时，太阳光穿过烟雾缭绕的树梢，似乎都变成了血红色，给万物都蒙上一层怪异可怕的光环。

“就待这儿吧，”我说，“你待这儿安全些。”然后我立即动身去斑点狗酒店，因为我知道酒店老板有一匹马和一辆轻便马车。我奔跑着，我想过一会儿山这边所有的人都会要迁移。我在酒吧里找到了老板，他还不知道房子后面发生了什么事呢。一个男人背对着我在和他说话。

“我得收一英镑，”店主说，“而且我也没人给你赶车。”

“我给你两英镑。”我在那陌生人身后说。

“你用它干吗呢？”

“我午夜前就还给你。”我说。

“天哪！”店主说，“干吗那么着急？这是在乱开价吧。你付给我两英镑，而且还赶回来还我？究竟出了什么事儿？”

我匆匆向他解释了为什么我必须得离开家，然后马车便到手了。当时，我认为事情还没紧急到连这位店主也要离开自己的家。我赶紧小心套好马，把马车赶到路边，关照妻子和用人照管好马车，然后冲进屋里去拿一些有用的东西，比如盘子什么的，把它们包起来。当时房子底下的山毛榉已经着火，路边的铁栅栏给烧得通红。我正收拾着，一个轻骑兵下了马，跑过来，他正挨家挨户地通知居民离开。那时，我用桌布包着我的财产正要出门，那个士兵往前去，我在他后头叫道：

“有什么消息？”

他转过身，望了我一眼，大声嚷道：“从一个像盘子盖眼的东西里爬出来了。”说完他就向山顶上一座房子的大门跑去。一阵黑烟滚滚穿过马路，一时间挡住了他的身影。我跑到邻居家门口敲了敲，确信他已经和妻子到伦敦去了，并且锁好了门。然后我又跑回屋子里去拿用人的箱子，这是我先前答应了的，拖出来把它绑在马车后女佣的身旁，随后抓起缰绳，跳上妻子身旁的驾驶座。不一会儿，我们就已经远离了浓烟和炮声，冲下梅勃瑞山另一面的斜坡，朝老沃金方向驰去了。

眼前是一片宁静的洒满阳光的大地，路的两边是麦田，梅勃瑞酒店的店招牌旋转着。我看见前面停着医生的马车。到山脚下，我转过头看了看刚离开的山坡。几股浓浓的黑烟挟着红色的火焰翻腾在静静的空中，给东面绿色的树梢上投下了暗黑的阴影。浓烟已经远远扩散到了东面和西面——向东到了白福利特松林，向西到了沃金。路上到处是人，朝我们跑过来。虽然很微弱，却很清晰地传来机关枪的嗒嗒声和步枪的噼啪声，时断时续。

赶车我并不专业，所以必须将注意力放在马身上。当我再往回看，第二座山已没入了黑烟中。我快马加鞭，放松缰绳，直到将沃金和森特以及喧嚣远远抛在身后。在沃金和森特之间，我赶上并超过了医生的马车。

第十章 在风暴中

莱泽尔黑德离梅勃瑞山大约12英里。百伏特后面茂盛的草地上，空气中散发着干草的清香，道路两边的篱笆上开满了芳香的野蔷薇。我们从梅勃瑞山上下来时听到激烈的炮火来得突然，去得也匆匆。夜晚显得格外的安宁、寂静。我们晚上9点钟顺利到达了莱泽尔黑德，我和堂亲一起吃了晚饭，并把妻子托付给他们，马匹也趁此休息了一个小时。

行车途中，妻子异常沉默，好像预感到有不祥的事情发生。我尽量安慰她，指出火星人因为他们身体的重量只能待在沙坑，至多也就能爬出来一点点距离，但她只用单音节词来回答我。我想，要不是我对酒店老板做了保证，她一定会劝我当晚留在莱泽尔黑德。当时我要是留下来该多好啊！我记得当我们分手时，她脸色惨白。

我自己呢，一整天都处在极度兴奋之中。

某种近似于文明社会偶尔经历的战争狂热在我的血液里翻腾，在我内心深处，对那晚不得不返回梅勃瑞并不感到有多遗憾。我甚至还担心最后听见的枪声意味着侵略者火星人被消灭了。我当时的心态可以说是非常希望能亲临战斗现场。

我开始动身返回时已经是将近晚上11点了。夜色伸手不见五指，我刚从堂亲房子的门廊里出来，眼前更是漆黑一片。天气还像白天一样闷热，头顶飞云疾驰，可身边的灌木丛却没有一丝风。我堂亲的仆人给我点了两盏灯。还好，我熟悉地形。我妻子站在门廊的灯光里，直到我跳上马车。随后她突然转身就进了屋，只留下堂亲并排站着给我送行。

我感染了妻子的恐惧，心情开始有点低沉，但很快念头又转到了火星人。当时我全然不知那晚战事的进展。甚至不知道引起冲突的原因。当我经过奥克汉姆（那是我回来的路，没有经过森特和老沃金），看见沿着西面的地平线有血红色的亮光，当我走近一些，这亮光缓缓升到空中。乌云翻滚雷声积聚，夹杂着一团团黑红的浓烟。

瑞普雷街上空无一人，除了一两扇窗户亮着灯外，整个村子没有一丝人气。我在百伏特路的拐角上差点撞上一群人，他们当时正背对着我。我经过的时候，他们一言不发。我不清楚他们是否听说了山那边发生的事，也不清楚我经过的那些静悄悄的房子里，居民们是否安然入睡，还是人去楼空了，抑或心烦意乱地注视着这可怕的黑夜。

从瑞普雷到百伏特的路上，我一直走在威伊山谷里，所以看不到那些红光。当我爬上百伏特教堂后面的小山丘时，红光又入眼帘，树林颤抖着，预示着即将到来的风暴。接着我就听见身后百伏特教堂传来的午夜钟声，梅勃瑞山的剪影显现出来，树梢和房屋剪影黑而清晰地映衬在红色天空之下。

正当我看着这个景象的时候，一道奇怪的绿光照亮我周围的道路，现出远处通往阿特尔斯东的森林。我觉得马缰绳拉了一下，看见疾驰的云层被一道绿光劈开，猛然照亮了它们混乱的形状，落在我左面的地上。那是第三颗流星。

紧接着，一道闪电，紫光炫目，从积聚的暴风雨中舞动出来。雷声像火箭一般在头顶炸开。马咬紧嚼子狂奔起来。

一道缓坡通往梅勃瑞山脚下，我驱车而下。闪电一发不可收，一道接着一道。我从未见过如此景象。而霹雳也接踵而至，伴随着奇特的声响。闪耀的电光让人眼花缭乱，当我冲下山坡时，一阵小冰雹噼里啪啦打在脸上。

开始我只是注意路面，但很快注意力便被梅勃瑞山另一边山坡上一个飞速移动的东西给吸引了。最初我当它是被雨淋湿的屋顶，但一道又一道的闪电下，我看见它在快速移动着。简直就像幻觉——让人迷茫的黑夜，随即一道闪电，山顶上孤儿院的红色影子、松树的绿色树梢，以及可疑物体都顿时清晰地显现出来。

这玩意儿！我该怎么形容呢？一个怪异的三脚架，比许多房子都要高，它大步越过小松树，并将松树压得粉碎，推在一旁；一个会走路的金属发光器，横跨在石楠丛上，身上晃动的节节钢绳发出清晰的声音，哐当声混合着咆哮的雷声。电光一闪，空中的三条腿清晰出现，然后它们又不见了。又一道闪电，我看见它们离我近了一百码。你能想象一只倾斜的挤奶凳沿着地面猛烈奔跑吗？电光石火间，它们的形象转瞬即逝。但是这可不是一个凳子，而是一个三脚架上巨大的金属机器。

忽然我面前的松树被分开了，就像有人轻易拨开芦苇似的，松树被折断了，倒在一边。第二个巨型三脚机器出现了，奔驰着，看起来好像径直向我冲过来。而我正飞奔朝它冲过去！看到了第二个机器，我紧张极了。

我没敢停下再看第二眼，只是拼命朝右面拉马的缰绳，一瞬间，马车翻了，压在马身上；车辕也啪的一声折断了，我被抛到了路边，重重地摔在一个浅水洼里。

我立刻爬了起来，蹲在一小丛金雀花的后面，两只脚还在水洼里。马一动不动地躺着（这可怜的畜生，折断了脖子）。借着闪电，我看见翻转的马车，车轮子仍在慢慢转动。又过了会儿，那个庞大的机器从我身边经过，向百伏特的山上走去。

从近处看，这个东西相当地奇怪，因为它不仅仅是个会走路的毫无知觉的机器。它固然是一个机器，有着叮当响的机械步态，长长的灵活的闪光的触手（其中一个还抓着一棵小松树）在它身体周围挥舞着。它一边大步向前，一边择路而行。它头顶上的黄铜盖前后移动着，就像一个脑袋在东张西望。在它身后，有一个巨大的好像渔夫的鱼篓一样的白色金属物体。这个怪物经过我的时候，一股股的绿色烟雾从它的金属腿的关节间喷出来。一会儿的工夫，它就不见了。

当时我就看见这些。由于闪电忽明忽暗，忽而是炫目的强光，忽而是浓厚的阴影，所以所有的东西看上去都模糊不清。

它走过去的时候，发出一种震耳欲聋的狂喜的叫声和“阿罗，阿罗”声——过了一会儿，它就和它半英里外的同伴走到一起，朝野地上的什么东西俯身下去。我相信，野地里的这个东西就是从火星上发射的那些圆筒中的第三个。

有那么一会儿，我在黑暗中注视着，凭借忽明忽暗的闪电，我看见那些金属怪物在远处的篱笆顶那边活动着。

我的上身给冰雹淋透了，而下半身还泡在污水坑里。我愣了好一会儿才回过神来，爬到水洼边一个较为干燥的地方，开始考虑自己即将面临的危险。

离我不远处，有一个牧羊人住的单间小木屋，周围种着马铃薯。我挣扎着站起来，猫着腰，尽可能利用一切可以掩护的地形，朝小木屋跑去。我用力敲着门，但无人响应（也许里面根本没有人），敲了一会儿，只好作罢。藏身于一条沟渠，我走了大半截路，以躲避那几个恐怖的机器，最后成功地爬进了梅勃瑞的松林里。

我就这样朝家里走着，浑身透湿，瑟瑟发抖。我在树林中跋涉，努力想找到路。树林里伸手不见五指，因为闪电现在不那么频繁了。随雨降下的冰雹透过浓密的树叶，倾泻如注。

如果我能充分了解我看到的一切的含义的话，就应该立即绕过白福利特和乔布汗姆街，回到莱泽尔黑德，与我妻子团聚。但是那晚我身边发生的怪事和筋疲力尽的状态竟没让我这么做。我撞伤了，浑身湿透，疲惫不堪，被暴风雨弄得头昏眼花。

那时，我只有一个模糊的想法，就是要回到自己家里去。这是我当时全部的动力。我在林子里跌跌撞撞，跌进一个水沟里，又被一块木板磕伤了膝盖，最后蹚出来，上了东方学院的一条小路。我说“蹚”，是因为暴雨把山上的泥沙冲下来，形成了一条泥流。黑暗中，一个男人迎面撞上我，撞得我连连后退。

他惊恐地叫了一声，跳到旁边，还没等我来得及发话就拔足狂奔。就在这个地方，暴雨非常猛，我费了好大的劲儿才爬上山顶。我紧靠着左面的篱笆，继续往前走。

快近山顶时，我脚底下绊到软软的东西，借助一道闪电，看到双脚之间是一堆黑色的衣服和一双靴子。还没等我看清这个人是怎么躺在那儿的，闪电就消失了。我站在他的身旁，等着下一次闪电。当闪电又来时，我看清这是个健壮的男人，衣着简朴整洁；他的头在身体下面，颓然倒在篱笆不远处，好像是被猛然摔到篱笆上的。

我从没碰过死尸，只好强忍恶心蹲下将他翻过来，摸了摸他的心跳。他已僵硬了，他的脖子明显地折断了。电光第三次闪过，他的脸清楚地映入眼帘。我跳将起来。这人原来是斑点狗酒店的老板啊，我还向他借了马车呢。

我小心翼翼跨过他的尸体，赶紧往山上爬。我沿警察局和学院路，朝自己家里走去。

山坡上已没了火光，尽管公用地那边仍有红光，浓烟不时从冰雹上升腾起来。借着闪电看过去，大多数的房子都被毁。在学院路旁边有一堆黑乎乎的东西。

在通往梅勃瑞桥的路上，传来人声和脚步声，但我不敢叫嚷，也不敢靠近他们。我用钥匙开了门，然后关好，闩上门，摇摆着走到楼梯脚坐下。满脑子都是走动的金属怪物和篱笆边撞死的人的影子。我背对着墙，蜷缩在楼梯脚下，全身使劲地颤抖着。

第十一章 在窗边

我已说过，我的激动情绪来得快也去得快。过了一会儿我才觉得自己浑身又冷又湿，在楼梯边的地毯上留下大片水渍。我机械地站起来，走进饭厅喝了些威士忌，然后去换衣服。

换好衣服以后我上楼来到书房，但是，为何要这么做我当时却浑然不知。透过书房的窗子，我能俯视通往霍赛尔公用地的树林和铁路。我们匆忙离开时忘了关上这扇窗。过道很黑，但对比窗外的景象，房间里显得更黑。我在门口站了一小会儿。

暴风雨过去了。东方学院的塔楼和周围的松树已荡然无存。在很远的地方，在一束红光的照射下，公用地边的沙坑清晰可见。亮光下，巨大的奇形怪状的黑影来来回回地忙碌着。

看来，那个方向的整个地区确实都着火了——宽广的山坡上到处都是细小的火苗在燃烧，在渐渐消散的暴风雨中摇曳，并将红光投射到飞驰的云端。近处，火场上时不时飘过的浓烟飞过窗子，遮住了火星人的身影。我看不清他们在干什么，也看不清他们的形状，认不出他们专心致志忙着的黑色物体究竟是什么玩意儿。我也看不见近处的火，尽管它们反射的光就在书房墙上和天花板上舞动着。空气中弥漫着刺鼻的树脂燃烧的浓烈气味。

我轻轻关上门，蹑手蹑脚地朝窗子走去。当我渐渐走近，眼前视野也开阔起来，一边是沃金车站周边的房子，另一边是烧焦发黑的白福利特松林。山下拱桥边的铁路上有一些光，梅勃瑞沿途的房子和车站附近的街道已经成了灼热的废墟。铁路上的亮光一开始让我迷惑不解。那里有一堆黑色的东西和清晰的火光，在它的左面是一排黄色的长方体。随后才发觉烈火中的火车，前半部分撞碎了燃烧着，而后面的车厢仍然留在铁轨上。

在这三个主要的着火区——房子、火车和正在燃烧的通往乔布汗姆的乡村——之间是一片片形状不规则的黑色田野，支离破碎，点缀着微弱燃烧的火光和烟雾。这景观真奇特，黑色的土地也着了火。不由让我想起波特里斯的夜景。一开始尽管我起劲地辨认，却连一个人影也看不出来。后来我在沃金车站的火光下看见几个黑影，一个接一个，匆匆忙忙地穿过铁路。

这曾是我安安稳稳地生活了这么多年的小小世界，瞧瞧现在这一片混乱！过去七个小时究竟发生了什么，我还不大清楚，也无从猜测这机械巨人和圆筒旁看见的笨东西有什么联系。怀着一种奇特的非个人的兴趣，我把桌子转向窗口坐下，盯着黑色的田野，特别是沙坑周围的火光下那三个走来走去的黑色金属怪物。

它们看起来忙得不可开交。我开始问自己：它们究竟是什么东西呢？智能机器吗？我又觉得不可置信。难道火星人就坐在里头操纵、指挥、使用着这些机器，就像人的脑子指挥着自己的身体那样？我把它们与人类的机器相比，平生第一次问自己：一艘装甲舰或一只轮船对于智能较低的动物来说意味着什么呢？

风暴停止，天空放晴。烟尘之上，暗淡的火星在西方落下。一个士兵跑进我的花园。我听见篱笆上有轻微的响动，立即清醒了过来。我往下一看，发现他正在翻过栅栏。一见到还有人存在，我的麻木感消失了，急切地探出窗口。

“嘘！”我轻轻地说。

他跨在栅栏上，犹豫不决。然后翻过来，穿过草地，来到房子的拐角。他弯下腰，轻手轻脚地走着。

“谁呀？”他压低声音，站在窗下朝上望。

“你去哪儿？”我问。

“天知道。”

“你想藏起来吧？”

“对。”

“进屋里来吧。”我说。

我下楼把门打开让他进来，又重新闩上门。我看不清他的脸。他没戴帽子，衣服扣子松开了。

我拉他进来时，他叫道：“我的天啊！”

“出了什么事？”我问。

“你说还有什么事？”我隐约看见他做了个绝望的手势，“火星人把我们都歼灭啦——简直是歼灭啦。”他一遍一遍重复着。

他几乎机械地跟着我进了饭厅。

“喝点威士忌吧。”我说着，给他倒了杯烈酒。

他喝了酒，忽然在桌子旁边坐下来，两手抱着头，像小孩子一样地哭起来，情绪很激动。而我呢，竟像忘了自己不久前的绝望，站在他的身边，惊讶无比。

过了好长时间他才平静下来，回答我的问题。他断断续续前言不搭后语地说着。他是炮兵部队的车夫，大约晚上 7 点钟才投入战斗。当时公用地上正在交火，据说当时第一批火星人正在金属盾的掩护下，慢慢爬向第二个圆筒。

后来这个金属盾在三脚架上摇晃着升了起来，成了他看见的第一个作战机器。他送去的那门大炮，架在霍赛尔的公用地上，用来轰炸沙坑，就是这门大炮的到来促成了这次战斗。当炮手来到了后面时，他的马踩进了一个兔子窝，摔倒了，并把他抛到了地上的一个坑里。几乎同时大炮在他后面炸响，弹药爆炸了，他陷入一片火海之中，后来他发现自己躺在一群烧焦的死人和马匹下面。

"我躺着不动，"他说，"一匹马的前半身压在我身上，吓得我魂不附体。我们被歼灭了。那股味啊——上帝！就跟烧焦的肉一样！倒下来的马砸伤了我的背，我只好躺着，直到觉得好一些。几分钟前还跟检阅一样——一眨眼，我就绊倒了，砰，嗖嗖！"

"全军覆没啊！"他说。

他在死马底下藏了很久，偷偷窥视着公用地那边。卡迪根兵团想冲过去，来个小规模的偷袭，结果也全军覆没了。然后那怪物站了起来，在公用地上悠闲地走来走去，追逐着几个逃亡者，头状的罩子转动着，就像一个人戴着兜帽一样。它手里拿着一个构造复杂的金属盒子，盒子周围有层绿光，热光就是从里面发射出来的。

几分钟内，这个士兵在公用地上已经看不到一个活物，每一片还没烧焦的灌木丛、树丛都在燃烧。轻骑兵本部署在拐弯处，但现在已不见踪迹。他听见火星人吵闹了一阵，然后就安静了下来。直到最后才去对付沃金车站和周围的房子；只消片刻工夫，热光就射过去了，整个镇子化为灰烬。然后那东西关闭了热光，背对着炮兵，摇晃着向冒烟的松林走去，那里藏着第二个圆筒。

随即，又一个闪光的巨兽从沙坑里冒了出来。

这第二个怪物紧跟着第一个怪物，于是炮兵小心翼翼地爬过灼热的石楠灰，朝霍赛尔方向前进。他设法躲进路边的沟里，就这样才逃到了沃金。讲到这里他感慨万千。那地方根本就过不去。没几个活的人，他们都发了疯，许多人被烧死或被灼伤了。大火将他逼到一旁。当其中一个火星巨人回来时，他藏到发烫的断墙底下。他看见火星巨人追赶着一个人，只用一只钢铁触手抓住那人，然后把那人的头往一棵松树干上撞。最后，夜幕降临，炮兵猛地一跃，跳上了铁路的堤岸。

之后，他一路躲藏，朝梅勃瑞走去，希望逃脱险境，去往伦敦。人们藏在壕沟或地窖里头，许多幸存者逃往沃金村子和森特。他口渴得厉害，后来才找到铁路桥边的一根爆裂的水管，水如泉涌，汩汩地冒出地面。

这就是我从他那里一点一点地听到的故事。他说着说着渐渐平静下来。尽量让我听明白他所看到的一切。他一开始就告诉我，从中午以后他就没吃过东西，于是我在厨房里找到了一些羊肉和面包带回屋里。我们不敢开灯，怕引起火星人的注意。时不时我们在黑暗中摸索着肉和面包。

听着他讲述，周围的东西隐隐约约从黑暗里显现出来，窗外，被踏坏的树丛和折断的玫瑰也能看清楚了。看来不少人和动物从这片草地穿过。我开始看清他的脸，又黑又憔悴，不消说，我的脸也是如此。

吃完东西，我们轻轻地上楼来到了书房，我又朝开着的窗外望了望。一夜之间，山谷就成了一片灰烬。眼下火势已减弱了，曾经火光熊熊的地方冒着缕缕轻烟。那些数不尽的被摧毁、掏空的房子，以及夜幕遮掩下烧焦、发黑的树木，在曙光无情的照耀下，显得苍凉、可怕。不过也有些东西幸免于难——这里一个白色的铁路信号灯，那里一个白色的温室，在一片残骸中显得苍白、光鲜。有史以来，没有哪一场战争造成的破坏，这么不分青红皂白，这么干净彻底。三个金属巨兽在坑边站着，它们的头罩缓缓转动，仿佛在测量自己造成的破坏。

我觉得沙坑似乎变大了，不时喷射出一些鲜绿的蒸汽。蒸汽在明亮的晨光里翻腾着——升腾、旋转、飘散开来，最后消失了。

远处，乔布汗姆周围有些火柱。天刚亮，它们就变成血红的烟柱了。

第十二章 目睹威布利奇和雪培顿的毁灭

天色越来越亮，我们从窗边缩回身子，轻轻地下了楼。

炮兵很同意我的观点，这座房子不是久留之地。他说他打算朝伦敦方向走，这样能重新加入他的炮兵连——第十二炮兵连。我的计划是立即回到莱泽尔黑德；火星人的威力太让我震惊了，我决定带妻子去纽黑文，之后立即和她一同离开这个国家。我很清楚，如果不及时消灭这些生物，伦敦周围的地区迟早也会成为灾难深重的战场。

但是，在我们和莱泽尔黑德之间，横着第三个圆筒。几个巨兽保护着它。如果我独自一人，可能会试着冒险穿过野地。但是炮兵劝阻了我："让您妻子成为寡妇，对她可不是一件好事。"最后我同意了和他一道走，在树林的掩护下，朝北走到乔布汗姆再和他分手。然后我再经依卜塞姆绕个大弯儿，到达莱泽尔黑德。

我本来即刻就想出发，幸好我的同伴是个现役军人，考虑得很周到。他让我在房子里搜寻，找到一个长颈瓶子，往里头灌满了威士忌；又在我们所有可利用的口袋里装满饼干和肉片。随后我们爬出房子，顺着我昨晚来的那条糟糕的路，飞快跑下山。房子看来被人遗弃了。路上躺着三具紧紧拥在一起的烧焦的尸体，他们是被热光杀死的。到处是人们落下的东西——一个钟、一只拖鞋、一个银调羹和一些不值钱的东西。在邮局的转角处有一辆马车，车上装着盒子和家具，但是马不见了，车架歪斜地倒在破了的轮子上。一个装现金的盒子被匆忙砸开，扔在一堆破烂底下。

除了孤儿院的房子还在燃烧以外，这里的其他房子损坏并不大。热光打掉了烟囱顶就扫过去了。不过，除了我们两个，梅勃瑞再也找不到一个活人。我想，大部分居民都沿着老沃金方向逃走了——这条路是我驾车去莱泽尔黑德时经过的——要么他们都藏起来了。

我们沿着小路走，经过一具黑衣男人的尸体，一夜的冰雹，让尸体都是湿漉漉的。在山脚下我们钻进了林子。我们穿过树林朝铁路走，一路上没见着一个人。铁路边散乱的树木成了黑色的灰烬。大部分的树倒在地上，还有一些树立着，剩下灰色的树干和黑色的叶子。

我们这边大火只烧焦了附近的树，并没有在这里停留。有一处地方，伐木工星期六还干过活。新砍伐的树放在空地上，旁边是一堆锯末和蒸汽锯。近旁是一间被遗弃的临时小木屋。这天早上没有一丝风，出奇地寂静，甚至连鸟儿的声音也听不见。我和炮兵一边快步走，一边小声交谈着，不时回头张望。有一两回，我们停下来倾听动静。

不久我们离道路近了，听见马蹄嘚嘚声，透过树干，我们看见三个骑兵慢慢往沃金去。我们向他们致意，他们停了下来，我们赶紧向他们奔去。

这是第八轻骑兵队的一名中尉和两个士兵，他们带着一个像经纬仪那样的仪器，炮兵告诉我那是日光信号机。

“你们俩是我们今早遇到的头两个人。”中尉说，“有什么情况？”

他的声音和表情都很急切。他身后的两人则好奇地打量着我们。炮兵从路边跳下来，举手敬了个礼。“大炮昨晚被摧毁了，长官。我一直躲着，寻找机会想重新和部队会合。长官，你沿着路再走半英里，就能见到火星人了。”

“他们到底长什么样？”中尉问。

“他们都是穿着盔甲的巨人，百把英尺高。三条腿，一个身子像是铝制的，有一个巨大无比的头，戴着头罩。长官。”

“别胡扯了！”中尉说，“胡说八道！”

“你们会看见的，长官。火星人还拿着一个盒子，那盒子里能射出热光，把人杀死。”

“那是什么意思——一把枪？”

“报告，不是枪。”然后炮兵绘声绘色地把热光描述了一遍。中尉听了一半就打断了他，然后仰脸看着我。我仍然站在路边的堤坝上。

“千真万确。”我说。

“好吧，”中尉说，“我想我该去看看。”“听着，”他对炮兵说，“我们奉命让老百姓离开房子。你最好到威布利奇，向马文将军报告你所见到的一切。认得路吗？”

“认得。”炮兵回答。

“你说半英里，是吗？”中尉又把马头调转南方，他问。

“至多半英里。”炮兵答道，又朝南面的树梢指了指。中尉谢过我们，继续前进。我们再也没见过他们。

路上，我们遇见了三个妇女和两个孩子，正忙着清出一间工人的房子。他们有一辆手推车，正在往里装着不太干净的包裹和破旧的家具。我们经过时，他们正忙着干活，没顾上跟我们搭话。

在白福利特，我们钻出松树林，乡村在阳光下面宁静而安详。此刻我们已经远离了热光的射程，要不是路边空荡冷清的房子，忙忙碌碌收拾东西的人们和站在铁路桥上张望沃金的一小群士兵，这一天看起来和平常任何一个礼拜天没什么两样啊。

几辆农用货车和手推车在通往阿特尔斯东的路上，吱吱嘎嘎走着。突然，透过一个牧场的大门，我们发现在一片开阔的草地那边，架着6门12磅重型大炮，间隔均匀，排列整整齐齐，对着沃金方向。炮手在大炮旁边等着，弹药车停在适当的位置。炮兵们站在那里，仿佛在接受检阅。

“太好啦！”我说，“无论怎样，他们会好好地打一炮了。”

炮兵在门口踌躇起来。

“还是往前走吧。”他说。

在远处靠近威布利奇桥的地方，穿白色工装的士兵正在匆忙修筑一条长长的壁垒，后面停了很多门大炮。

“这简直就是用弓箭来对付闪电嘛。”炮兵说道，“他们还没见识热光的威力呢。”

几个闲着的军官站在那里，望着西南方的树梢，而那些挖工事的人也不时停下手里的活计，朝那个方向看。

白福利特一片混乱。居民们忙着收拾，二十多个轻骑兵，有的下了马，有的骑着马，在催促居民。三四辆黑色的政府马车（白色圆圈里有个十字标志），一辆旧公共马车，连同其他车辆一起在村里的街道上装货。那里有几十个人，因为是星期天的缘故，个个衣冠楚楚。士兵们意识到目前面临的危险，个个十分卖力。我看见一个老头，拿着一个很大的盒子和几十盆兰花，正和一个中士气呼呼争辩着，因为他不让把这些东西带走。我停下来抓住老头的袖子。

“你知道那边发生什么事了吗？”我边说边指着挡住火星人的松树问道。

“嗯？”他转过头说，“我在跟他们说这些东西很值钱。”

“死亡！”我吼道，“死到临头了！死亡！”我让他自己去体会话语的意思，然后我紧跟炮兵后面。在拐角处我回头看，士兵已经离开了那老头，老头仍然站在盒子旁边，兰花放在盒子盖上面，他表情呆呆地朝树顶上望着。

在威布利奇，没人能告诉我们司令部在哪儿，整个镇子乱成一片，这是我在其他任何地方都未见过的。手推车、马车到处都是，马匹和各种运输工具混杂在一起。镇上那些受人尊敬的居民——男人一身高尔夫球衣或划船装束，太太们衣着漂亮，他们都在收拾行装。河边的闲人积极地帮着他们，孩子们也很兴奋，最主要的是，大家都为星期天能发生些不寻常的事而感到兴奋。在这样的混乱中，最受尊敬的牧师正在勇敢地做早祷，他的铃声盖过了喧嚣。

我和炮兵，坐在水泉的台阶上，用我们带的东西饱餐了一顿。在这儿巡逻的士兵们——这回不是轻骑兵了，而是穿白色制服的掷弹兵——正在警告人们要么立即离开，要么开火时躲到地窖里去。

我们穿过铁路桥的时候，看见越来越多的人在车站附近进出，纷闹的站台上堆满了行李。我相信，为了向切特西运送士兵和大炮，正常的运输已经停止了，后来我听说在随后一小时加开的列车上，人们为了抢夺座位还野蛮地打斗起来。

我们在威布利奇待到中午，当时我们发现身处雪培顿水闸附近，那里是泰晤士河和韦河交汇处。我们花了好长的时间帮两个老太太装辆小车。威伊河有三个河口。这个位置可以租到小船，对岸还有一条渡船。在雪培顿那边有一个带草坪的小酒店，远处，树梢之上隐约可见雪培顿教堂——现在塔楼已被塔尖代替了。

在这里我们发现了一群激动又吵闹的逃难者。到目前为止逃亡还未到恐慌的地步，但是河上已经没有足够的船让人们渡河了。人们带着沉重的包裹赶来，一对夫妻甚至抬着一块门板，上面堆满了日用品。一个人告诉我们他想从雪培顿的火车站逃离。

到处是叫喊声，有人甚至开起了玩笑。这里的人们似乎认为，火星人不过是可怕的“人”罢了，他们可能会袭击、攻陷城镇，但最终还是会被消灭的。人们时不时地朝威伊河对面的公用地上紧张地望一眼，但是那边一切都很平静。

在泰晤士河的对岸，除了几艘刚好靠岸的船以外，一切都非常安静，同萨里的情况形成鲜明对比。从小船渡过河的人们，上岸往路上走去。大渡船刚刚打了个来回。三四个士兵站在酒店旁的草坪上，望着逃难的人，不仅不去帮忙，还嘲笑他们。因为是宵禁期，酒店关着门。

“那是什么呀？”一个船夫叫道。“闭嘴，蠢货！”我身边的一个人对一头狂吠的狗喊着。然后声音又出现了，这次是从切特西传过来的，一声沉闷的轰隆声——是大炮的声音。

战斗打响了。几乎同时，我们右边的河对岸，那些藏在树梢后面的炮队，立即枪炮声大作。密集的大炮一发接着一发。一个女人在尖叫。每个人都被突如其来的炮火给镇住了。炮火离我们很近，可是我们却看不见。除了平坦的草地，漫不经心地吃着草的奶牛，温暖的阳光下闪着银光的垂柳，我们什么也看不见。

“士兵们会挡住他们的。”我身边的一个女人心存疑惑。一片烟雾越过树梢升了起来。

这时，我们忽然看见远处河面上腾起一阵烟，这股烟急速向上升腾，挂在空中；紧接着，脚下的大地抖动起来，强烈的爆炸在空气中震荡，击碎了附近几幢房子的窗户，这一切让我们大惊失色。

“火星人来了！”一个穿蓝运动服的人大叫道，“那边，你们看见了吗？在那边！”

很快，一个，两个，三个，四个全副武装的火星人一个接着一个出现了，就在伸向切特西平坦草地的对面，他们的身影冒出了树尖。他们急匆匆朝河边走来。乍一看，像是戴帽子的小人儿，迅疾如飞。接着，斜着身子朝我们方向走来第五个火星人。他们迎着大炮也快步如飞，武装的身躯在太阳下闪闪发光，他们走得越近，体形越大。左边离我们最远的一个，在空中高高挥舞着一个大盒子，我星期五晚上在切特西见过的可怕的热光如今射向了这个小镇。

一看到这些怪异、可怖又行动迅速的生物出现，河边的人一时都给吓昏了头。没有人尖叫，没有人呼喊，只有一片沉寂。接着传来喑哑的咕哝和脚步声——还有水花的泼溅声。一个男人吓得忘了放下肩上的箱子，朝我猛转过身，箱角把我撞了一个趔趄。一个女人用手朝我猛然一推，从我身边冲了过去。

我转身加入了人群，但是我害怕得什么都想不起来了。我脑子里只有那可怕的热光。赶紧钻进水里去！

“钻到水里去！”我大叫，没人理我。

我又四处环顾，朝正在逼近的火星人冲过去，沿着铺满石头的河岸跑过去，一头扑向水里。其他人也跟着效仿我。我经过一条返航的小船时，见船上所有的人都跳进了河里。我脚下的石头又湿又滑，河水很浅，大约跑了二十英尺，水还没有齐腰深。当火星人耸立在我头上不到两百码，我纵身扑进了水里。耳朵传来的全是船上的人跳水的声音，扑通扑通就像打雷一样。人们慌慌张张跑到河的两岸。

但那会儿，火星人暂时没工夫理会这些四处逃跑的人群，就像我们不会注意地上被踢到的蚁巢里乱作一团的蚂蚁一样。我在水下憋不住了，把头抬出水面，看见一个火星人的头罩对准了河对岸正在开火的炮兵连，火星人一边走，一边旋开了能射出热光的发射器。

转眼那个火星人就到了河岸，一步就跨过了河。火星人的前腿膝盖在远处的岸边弯了下来，很快又全身站起。此处离雪培顿村很近。这时有六门大炮——它们被藏在村子外头，没人知道——一齐开了火。爆炸就在附近，一个接着一个，震得我心怦怦直跳。当第一发炮弹在距怪物头罩六码左右炸开时，火星人已经举起了发射热光的盒子。

我惊恐得大叫了一声。对于其他四个火星人，我是无暇顾及了；

我的注意力完全集中在眼前发生的事情上。几乎同时，又有两发炮弹在那个火星人身体边的空中爆炸了，火星人的头罩正转过来，没来得及避开第四发炮弹。

炮弹正击中那个火星人的脸。头罩炸裂开来，十几条红的碎肉片和闪光的金属碎片到处飞舞。

“打中啦！”我大叫道。惊喜交加。

我听见周围水里的人应和着我的叫声，欣喜若狂，差点激动地跳出水面。

那个被打破头的巨大躯体像醉汉一样摇摇晃晃，但并没有倒下去，而是奇迹般恢复了平衡，也不再留心脚底，而是固执地举着热光盒，快速朝雪培顿方向转过去。那个活的智能人——头罩里的火星人，已经被杀死了，击碎了，而眼前这个旋转的东西，不过是一架复杂的金属机器，正一步步走向毁灭。它呈直线一直朝前走着，完全没有了方向。它撞在雪培顿教堂的塔楼上，就像棒槌撞在城墙上一样，将塔楼撞碎，接着一个转身，重重地摔进了河里，从我视线里消失了。

惊天一声巨响，水柱、蒸汽、泥浆和破碎的金属片震荡飞散在空中。当热光盒子击中河水，河水立刻化成了蒸汽。片刻，就见排山倒海般混浊而滚烫的巨浪从上游的河道里冲了下来。我看见人们纷纷逃往岸上，伴随着火星人倒下的巨大声响，依稀能听见人们挣扎的喊叫声。

一时间我忘记了逼人的热浪和自我保护。我蹚过翻腾的河水，将一个穿黑衣的男人推到一旁，一直来到河拐弯处。五六条被抛弃的小船在乱哄哄的水面上漫无目的地漂着。我在下游发现了火星人的尸体横躺着，大半截身体淹在水中。

大团大团的蒸汽从机器的残骸喷了出来，穿过翻腾的雾气，我隐约看到机器巨大的肢体搅动着河水，打得水花和泥浆在空中飞溅。触须像活的手臂一样挥舞拍打，毫无目的，徒劳无功地挥舞着，好似受了伤的动物在波浪里挣扎。大量红褐色的液体从机器里不断喷射出来。

突然，一声愤怒的呼喊，就像工厂里汽笛拉响了一样，转移了我的注意力。离纤夫拉船的小路不远处，一个人站在齐膝深的水里，朝我叫喊，连比带指。我一回头，看见另一个火星人迈着大步，从切特西方向的河岸走来。雪培顿的大炮这次没打中他。

我再次扎进了水里，尽量屏住呼吸，在水底下艰难地朝前游着。水在我周围打着转，变得越来越热。

过了一会儿我抬起头来换了一口气，甩了甩头发和眼睛上的水，一时间水蒸气像白雾一样旋转升起，遮挡了火星人的踪影。周围的声音震耳欲聋。这时，我朦朦胧胧又看见了火星人，巨大的灰色身影在迷雾中渐渐显现。火星人经过我，其中两个在同伴残骸处停下来，那玩意儿还冒着泡，喧腾着。

第三个和第四个火星人站在水里同伴的身边，其中一个离我大约二百码，另一个面向拉尔海姆。他们的热光发射器高高举起，嗞嗞作响的光束到处乱射着。

空中交织着震耳欲聋、混乱不堪的声音——火星人发出的叮当声，房子倒塌的轰隆声，树木、篱笆燃烧的噼啪声以及火焰爆裂的咆哮声。浓浓的黑烟同河上的蒸汽混在一起。当热光在威布利奇桥上前后扫荡，所有被击中的东西都发出一道炽热的白光，紧接着就是浓烟滚滚的大火。近处的房子还完好无损，等待厄运降临。大火在这些房屋后面来回燃烧，更显得浓雾中的房屋朦胧、暗淡、苍凉。

我在齐胸深的滚烫的水里站了一会儿，呆若木鸡，觉着没有逃生的机会。透过迷茫的烟雾，我看见曾和我一起待在河里的人们，正穿过芦苇丛往外头跑去，像受了惊吓的青蛙一样在草丛里钻来钻去，还有人在拉纤的路上惊恐地来回奔跑。

突然，白色的热光朝我这边射将过来。房子被光束碰到的地方立刻陷下去一块，随后冒出了火苗；树木忽地一下着了火。热光在拉纤的路上前前后后扫荡，把逃跑的人们一个个击倒，紧接着就射到了水边，离我站着的地方不到五十码。热光穿过河水朝雪培顿方向扫过，所经之处，水面沸腾，蒸汽一片。我转身朝岸上跑去。

不一会儿，一个差不多接近沸点的巨浪往我身上打过来。我大声尖叫着，身体被水烫伤了，眼睛也差点瞎了，我挣扎着，踏着咝咝作响的河水朝岸上爬去。要是我摔一跤的话，肯定就死定了。我绝望地倒在泰晤士河和威伊河汇合处的广阔沙地上，完全暴露在火星人的视线下。心想此刻别无他法，必死无疑了。

我依稀记得火星人的一只脚来到了离我的头不到二十码的地方，重重踏进松软的沙滩，犹豫不决地转来转去，然后又抬起来。又过了好一会儿，只见四个火星人抬起了同伴的残骸。因为有烟雾，火星人的机器身体在河边和草地上时隐时现。在我看来，火星人越过宽广的河流和草地，仿佛是不断地在后退。我才意识到，依靠奇迹，我逃出生天了。

第十三章　偶遇牧师

突然领教了地球人武器威力之后，火星人撤退到了霍赛尔公用地原来的位置；匆忙中，由于被抬着的同伴的遗骸拖累，他们忽略了像我这样的微不足道的牺牲品。如果他们抛下同伴的尸体，继续向前进攻，区区几门12磅大炮组成的炮队是阻挡不了他们进攻伦敦的。恐怕还未等消息传到，他们就会攻下伦敦。他们的出现是如此的突兀、恐怖和具有破坏性，简直和一个世纪前摧毁里斯本的地震一样。

但是，火星人不慌不忙。圆筒一个接一个在星际间飞行，每隔24小时就送来了增援部队。与此同时，军部和海军高层已经充分意识到对手的强大，正全力以赴地准备着。每分钟都有一门大炮安排就位，黄昏前，在金斯顿和里士满之间的山坡上，每一片灌木丛后面和每一排乡间别墅后面都埋伏了一门大炮。火星人占据的霍赛尔公用地周围，方圆二十平方英里无人的焦土上，在焚毁的村庄里和烧黑的枯松林间，都埋伏着勇敢的侦察兵，他们带着日光反射信号机，一旦火星人靠近，就会给炮手发信号。但是火星人现在已经知道了炮兵的策略和让人们靠近的危险，也没有人敢靠近圆筒一英里的范围，除非是不想活了。

下午早些时候，这些巨人似乎都一直在走来走去，把第二和第三个圆筒里所有的东西都运到霍赛尔公用地上原来那个沙坑边上去——第二个圆筒在阿特尔斯东，而第三个在百伏特附近。在烧焦的石楠丛和毁坏的房子那里，有一个火星人在站岗，其他的火星人放下了战斗机器，下到了沙坑里去。他们一直干到深夜，绿色的浓烟从坑里升起，在梅勃瑞附近的山冈上就可以看见，据说，甚至在彭斯泰德和埃普索姆都能看见。

当在我身后的火星人准备着第二次突围，我前方的人类则集结以待，我忍着难耐的痛楚，经过烟火熊熊的威布利奇桥，朝伦敦走去。

我看见远处一只被人遗弃的小船，远远地从上游漂下来；我赶紧脱下大部分湿衣服，追上去，抓住了它，这样才逃过一劫。船上没有桨，我只能尽量用烫伤的手去划水，顺着河朝哈利伏特和沃尔顿漂去。我单调、费力地划着，不时回头看看。我顺流而下，因为我想万一火星人回来的话，在水里比较容易逃命。

随火星人倒下而变得滚烫的水也顺流而下，我划了大半英里，两岸几乎看不到有什么东西。不过有一次，我看见一排黑色人影，从威布利奇的草地上跑过去。哈利伏特似乎已被放弃了，沿河的几处房子也着火了。这个地方看起来感觉非常奇怪，平静、荒凉，只见浓烟和几缕细细的火苗径直地升上炎热的蓝色天空。房子着火了，跟前却没有围着一大群人，这种情形我还没见过。更远处，沿岸的干芦苇正在燃烧，冒着烟，地上的一线火苗正在向一堆新草垛蔓延过去。

我顺水漂了很长时间，经历了这些可怕的灾难，让我感到既痛苦又疲累，何况河水还很烫。然后我又害怕起来，重新划起水来，太阳炙烤着我的光脊背。终于，在河拐弯处，我看到了沃尔顿桥，烫伤和疲惫让我暂时忘记了恐惧，我爬上米德尔赛克斯的岸上，躺倒在高高的草丛里，气息奄奄。我估计当时大约是下午四五点钟。我很快起身，走了大约半英里，没见到一个人影，然后又在一片篱笆阴影里躺下了。我仿佛记得，在最后的冲刺阶段，我神情恍惚，不知为什么，想去莱泽尔黑德的愿望一直让我无比焦虑。

我记不清牧师是什么时候过来的，可能我当时昏睡过去了。我看见时，他已经坐在我身边。我渐渐看清他坐着的身影，他的衣袖上满是漆黑的煤烟，脸刮得光光的，正抬头看着天空中忽闪忽闪的微弱亮光。这种天叫鱼鳞天，天空是一排排卷着的积云，染着仲夏的落日的余晖。

我坐起身。听见了我的响动，他立刻看着我。

“你有水吗？”我唐突地问。

他摇了摇头。

“这一个钟头你都在要水喝呢。”他说。

有那么一会儿，我们静静无语，互相打量。我敢说，在他眼中我显得很怪异。我光着上身，下身穿着湿淋淋的裤子和袜子，浑身烫伤，脸上和肩上给烟熏得黑黑的。他脸色苍白，下巴短，焦脆的头发像亚麻一样盖在低低的前额上。他的眼睛很大，淡蓝色，空洞无神。他和我唐突地说着话，眼睛却茫然看着别处。

“这是什么意思？”他说，“这些东西意味着什么？”

我注视着他，无语相对。

他伸出一只纤细而苍白的手，用一种几乎是抱怨的口气说着：

“这怎么会发生呢？我们有什么罪过？我刚刚做完早祷，在路上散了会儿步，想让自己的脑子清醒清醒，然后，就来了——大火、地震、死亡！简直成了所多玛和俄摩拉（《圣经》中因罪恶被上帝消灭的两个城市）！我们所有的工作都完了——这些火星人是什么东西呢？”

“我们又是什么东西呢？”我清了清嗓子，问道。

他抱住自己的膝盖，转过身来又看了看我。大概有半分钟吧，他就这么盯着我，一言不发。

“我正在路上散步，想让脑子清醒清醒，”他说，“突然——大火、死亡、地震！”

他又陷入沉默，下巴几乎碰到了膝盖。

跟着他又挥动着手。

“所有的工作……所有的主日学校……我们犯了什么……威布利奇犯了什么？一起都完了——都毁了。教堂！我们三年前才重新建好。没了！不见了！这是为什么呀？”

停顿了一会儿，他又像疯子一样爆发了。

“燃烧的烟啊，你冒吧，永远向天上冒吧！”他大叫。

他的眼里充满怒火，朝威布利奇方向伸出一根瘦瘦的手指。

到此时我才弄明白，他显然是从威布利奇逃出来的，身临那场惨剧让他发了疯。

“我们离桑伯瑞远吗？”我一本正经地问。

“我们该怎么办？”他问，“到处都是这些生物了吗？火星人已占领了地球吗？”

“我们离桑伯瑞远吗？”

“就在今天早上，我还主持了早祷呢……”

“一切都改变了，”我静静地说，“你要冷静，我们还有希望。”

“希望？”

“对，很多希望，尽管很多东西被毁坏了！”

我开始向他解释我对目前状况的看法。一开始他还挺有兴趣地听着，但我说着说着，他眼里的兴趣又变成了先前的呆滞，茫然别顾，从我身上游离开来。

“这一定是末日的开端。”他打断我说，“末日！这是我主伟大而可怕的日子！人们应该向高山和岩石呼叫，期许它们落下来，掩盖他们藏身——不让坐在宝座上的主看到！”

我开始明白了这种状况，不再费力向他解释，我挣扎站起身，走到他跟前，把一只手放在他的肩上。

“像个男子汉吧！”我说，“你给吓昏了头了！如果宗教在灾难面前束手无策的话，那还有什么用呢？想想地震、洪水、战争和火山爆发给人类造成的灾难吧！你以为上帝赦免了威布利奇吗？上帝可不是卖保险的。”

他一声不响地坐了一会儿。

“但我们怎么才能逃脱呢？”他突然问我，“火星人坚不可摧，铁血无情。”

“也许火星人既不是刀枪不入，也不是铁石心肠呢，”我答道，“他们越是强大、疯狂，我们就越要清醒。不到三小时前，有个火星人在那边被我们杀死了。”

“打死了?！”他说，眼睛四围看着，“上帝的使者还有被杀死的？”

“我亲眼看见的。”我继续说，“我们碰巧处在战火最中央，就是这样的。”

“天空中闪光的那个是什么？”他突然问。我告诉他那是日光反射仪在打信号——这些表明人类在呼救，在努力。

“我们处在这些信号的中间，”我说，“虽然表面很平静，但天空中的闪光说明风暴正要来临。看那边，我想应该是火星人，正朝伦敦方向去。在金斯顿和里士满的山后的树林里，人们正在修筑工事，布置大炮。不久，火星人还会朝这边过来的。”

我正说着，他忽然跳了起来，用一个手势打断了我。

“听！”他说。

从河对岸的小山丘后面，远远传来沉闷的炮声和奇怪的叫声。然后一切又归于平静。一只金龟子嗡地越过篱笆，飞过我们。在威布利奇和雪培顿升起的浓烟上，一轮新月高挂在西面的天空下，苍白、惨淡。夕阳的余晖仍然炙热无比。

“我们最好还是沿着这条路往北走。”我说。

第十四章　伦敦的景况

当火星人在沃金降落时，我弟弟还在伦敦。他是医学院的学生，正在准备即将来临的考试，关于火星人的事，他一无所知，直到星期六早上才听说。星期六的早报刊登了几篇长长的专稿，介绍火星及火星上的生命等，除此之外，还有一条短讯和一篇含糊其词的电报，因其简短，而给人印象深刻。

电报是这样说的：火星人见一群人靠近他们，大为恐慌，于是用快速枪杀死许多人。电报结尾说："火星人看起来很可怕，但至今无法离开他们落下来时形成的沙坑，而且看来他们也无力离开。这可能是由于地球上相对的重力场造成的。"文章的结尾处，评论员做了一番让人颇为欣慰的发挥。

我弟弟那天上的是堂应付考试的生物课，所有的学生对于这个消息都极为感兴趣。可是，街上却没有一点儿不平常的兴奋迹象。下午的报纸标题很大，但文章只有片言只语，只提到了部队在公用地上的行动，还有沃金和威布利奇之间的松林的大火一直烧到上午8点钟。之后，在《圣詹姆士报》的号外上，发布了一条消息说电讯已经中断，未加任何修饰。据说这是由于燃烧的松树倒下压在电线上所致。对于那一晚的战斗，人们一无所知，就在那晚，我驾马车到了莱泽尔黑德后又返回霍赛尔。

我弟弟并不担心我们，因为他从报上得知圆筒的降落地点离我的房子足足两英里远。他决定当晚到我那儿去，照他的说法，想在那些东西被杀掉前看上一眼。下午 4 点钟，他给我发了一封电报（我根本不可能收到了）。到了晚上，他又到音乐厅去娱乐了。

星期六夜里，伦敦也起了暴风雨，我弟弟乘出租马车到了滑铁卢车站。他在通常是午夜车始发的站台上等了一会儿，听说出了事故，火车到不了沃金。事故的性质他无法确定，实际上，当时就连铁路当局自己也不十分清楚。车站上没有什么骚乱，因为那些铁路官员并不知道在白福利特和沃金转运站之间，比事故更严重的事情发生了。他们忙着把经过沃金的夜车改道，从维吉尼亚湖或者吉尔伏特经过。他们想尽办法安排南安普敦和朴次茅斯周日旅游团的路线，给他们做必要的安排。我弟弟和火车站站长的相貌有些相似，一个晚报记者把他当成了站长，拦住他想做采访。除了几个铁路官员，没有人把这次事故和火星人联系起来。

我后来从报上读到关于这事的其他说法，说星期天早上“伦敦被来自沃金的消息震惊了”。事实上，这完全是夸大其词。许多伦敦人是直到星期一早上的大恐慌开始时才听说火星人的。许多人也是花了点时间才明白报上那些匆匆草成的电报所蕴含的讯息。大多数伦敦人是不看周日报纸的。

其次，伦敦人脑子里有一种根深蒂固的安全感，何况伦敦的报纸经常夸大其词，所以他们读了报也没有大惊小怪的。“昨晚大约7点，火星人走出了圆筒，用金属铁甲为武装四处走动，沃金车站和周围的房子全部被毁，卡迪根兵团的士兵无一幸免。具体细节尚不清楚。机关枪对火星人的机甲完全没用，野战炮被他们摧毁了，溃逃的轻骑兵云集切特西。火星人行进缓慢，好像正朝切特西或温莎推进。西萨里陷入一片惊慌，人们在伦敦前线建筑工事，以阻挡其推进。”星期日《太阳报》就是这么报道的。在《仲裁报》上，刊登了一篇诙谐、及时的“指导性”文章，把这次事件比作在乡村里突然闯进一群从动物园来的野兽。

在伦敦，没有人知道全副武装的火星人的特征，有一个普遍的观点是他们非常迟钝，“爬行的”“艰难地爬动着”类似的表述几乎出现在所有早期的报道中。没有一封电报是由亲眼看到火星人进攻的目击者所写。当更多的消息传来，星期天的报纸都发了号外，有的报纸甚至没有新消息也发号外。但是报纸没告诉人们更多的消息，直到下午官方才向新闻界公布自己掌握的情况。据称，所有沃尔顿、威布利奇以及整个这一地区的人们都涌向了去伦敦的路上。报道的内容只有这么多。

我弟弟第二天一大早去了方德林医院附近的教堂，对头一天晚上发生的事情浑然不知。在那里，他听说了火星人入侵的事，以及人们祈求和平的祷告。出来后，他买了一份《仲裁报》。报上的消息让他警觉起来。于是他去了滑铁卢车站，想看看通讯是否恢复了。公共马车、客车、骑车的人和无数衣冠楚楚的行人来来往往，好像对卖报人散布的奇怪讯息无动于衷。人们感兴趣的，或者说担忧的只是当地的居民。在车站，他第一次听说温莎和切特西的线路现已中断。行李搬运工告诉他，早上从白福利特和切特西车站收到了几封非同寻常的电报，但这些电讯却突然中断了，我弟弟没能从他们那里得到有关的准确的详细情况。

他们的消息仅限于："在威布利奇发生了战斗。"

火车运行现在非常混乱。许多人站在站台四周，等待从西南线路过来的亲朋好友。一个银灰头发的老绅士走到我弟弟面前，严厉斥责西南公司。"有必要曝光。"他说。

从里士满、普特尼和金斯顿来了一两列火车，车上的乘客原来的计划是进行一天的划船，发现河上的闸门给关上了，气氛变得紧张起来。一个穿蓝白色运动装的人和我弟弟聊天，说的全是骇人听闻的事。

"成群结队的人，坐着小车、马车和其他能找到的交通工具，带着满箱的贵重物品和杂七杂八的东西拥向了金斯顿，"他说，"他们全是从莫乐赛、威布利奇和沃尔顿来的，他们说在切特西听见了炮声和枪声，非常激烈，骑马的士兵让他们赶紧离开，因为火星人要来了。我们也在汉普顿宫殿车站附近听见枪声，我们还当是打雷呢。这究竟是怎么回事呀？火星人不是爬不出沙坑吗？"

我弟弟不知怎么回答。

后来他发现，这种淡淡的恐慌也感染了地铁的乘客，星期天出游的人们纷纷从有"西南之肺"称谓的各地——巴恩斯、温布尔登、里士满公园以及克尤等地提早回来了；但是除了些道听途说的传闻，没人知道究竟发生了什么。每个到达终点站的人脾气都很差。

大约下午 5 点钟的时候，车站聚集的人群变得激动起来。东南车站和西南车站的线路开通了，这条线路通常都是关闭的。装满了大炮的货车和运送士兵的客车塞得满满的，这些大炮是从伍尔维奇和切特罕运去防卫金斯顿的。人们相互开起了玩笑："你们会给吃掉的！""我们是驯兽人！"等等。过了一会儿，一队警察开进车站，开始驱散站台上的人群，我弟弟从车站出来又回到了街上。

教堂晚祷的钟声响起了。一群救世军的姑娘唱着歌，沿着滑铁卢路走着。在桥上，一群游手好闲的人正注视着水面上棕色的泡沫往下游漂去。太阳刚要落山，钟楼和议会大厦耸立在宁静的天空下，想象一下吧，天空是金黄色的，布满一条条紫红的云彩。人们在谈论一具在水里浮着的尸体，一个自称是预备役的军人告诉我弟弟，他看见了日光反射仪在西面的天空闪烁。

在惠灵顿大街上，我弟弟遇到了两个健壮的人，他们刚刚从舰队街冲出来，手里攥着登着惊人标题的油墨未干的报纸。"可怕的灾难！"他们沿着惠灵顿冲每个人叫着，"威布利奇的战斗！全文刊登！火星人败退！伦敦告急！"

我弟弟便掏出三便士买了那份报纸。

这时，只有这时，他才对这些怪物的力量和恐怖有了一些认识。他了解到火星人不仅仅是一群小而笨拙的生物，而是操纵着机器身体的理性生物；他们移动迅速，快速出击，威力最大的大炮也对付不了他们。火星人被描述成操纵着"巨大的蜘蛛状的机甲，高约百尺，速度有特快列车那么快，还能射出极强热量的光"。伪装好的大炮——主要是野战炮，已经被部署在霍赛尔的公用地周围的乡村，特别是在沃金和伦敦之间。有人看见五个那样的火星机甲人朝泰晤士河方向移动，其中一个被侥幸摧毁了。其他几个炮弹没有打中，炮兵立即就被热光消灭了。报道里还提到士兵伤亡惨重，不过报道的语气还是比较乐观的。

火星人被击退了，他们并非无坚不摧。他们又回到了沃金周围那几个圆筒形成的三角地带。带着日光反射仪的信号兵们正从四面八方向他们推进。大炮迅速从温莎、朴次茅斯、阿尔德肖特和伍尔维奇地区，甚至从北方迅速调集；其中还有从伍尔维奇调来的 95 吨远程大炮。为了保卫伦敦，一共有 116 门大炮已经部署或迅速安放在阵地上。在英国，从来还没有这么大规模这么迅速的物资调遣。

不管再有什么圆筒，都会被烈性炸药即刻摧毁。这种烈性炸药正在加紧生产与分发。毫无疑问——报道指出，情况十分怪异且非常严重，但公众不必惊慌。火星人的确奇怪且可怕到了极点，但在外面的二十多个是打不过我们百万大众的。当局有理由推测，根据圆筒的大小，每个圆筒里的火星人不会超过五个——一共不超过十五个。至少有一个——可能还不止呢——被打死了，公众将会及时得到危险来临的通知，目前正在采取详备的措施来保护受到威胁的西南郊区的居民。最后，这篇报道又强调了一下伦敦有安全的保证，当局有能力对付当前的困难。

这篇文章用特大号字体印在报上，墨迹未干，也没有时间在上面加上任何评论。我弟弟说，看到报纸取消、砍掉平常的内容，腾出篇幅给这篇文章，他感到非常好奇。

整条惠灵顿大街上，人们都在争抢着这份粉红色报纸，滨河路也因为卖报人的吆喝变得吵闹起来。连公共马车里的人也纷纷下车，想买到一份报纸。显然这个消息让人们非常激动，不管先前他们有多么冷淡。我弟弟说，滨河路上的一家地图商店的帘子也给取下来了；我弟弟说，看见一个人身着节日服装，甚至还戴着柠檬黄手套，正往窗上急急忙忙地贴了一张萨里的地图。

我弟弟沿着滨河马路往特拉法尔加广场走去，手里拿着一张报纸。他看见了几个从西萨里来的难民。一个男人推着像是卖菜的小车，妻子和两个男孩坐在车里，车里堆满家具。他从威斯敏斯特桥方向过来的，紧跟在他后面的是一辆干草车，车上坐着五六个看起来很体面的人，还有一些盒子和包裹。这些人个个形容憔悴，他们的形象和公共马车穿着盛装的乘客形成了鲜明对比。衣着华丽的乘客好奇地从马车里探出头来看着他们。他们在广场停住，好像不知道走哪条路好，最后转向东面沿着滨河路走去。在这之后，过来一个穿着工装的男人，骑着一辆老式的带小前轮的三轮车，肮脏不堪，脸色苍白。

我弟弟转身走向维多利亚街，又碰见好些类似的难民。他隐约觉得，可能会遇见我。他发觉比平时多了几倍警力在维护交通。一些难民在和公共马车里的人交换着消息。有一个人声称看见了火星人。“告诉你们吧，高跷上顶着个锅，像人一样大踏步地走。”大多数人听了他们奇特的经历感到非常激动。

在维多利亚街那边，逃难者的到来让酒店生意火爆。在所有的街角，人们读着报纸，兴奋地交谈着，或注视着这些星期天的不速之客。当夜幕降临，逃难的人数也越来越多，到最后，我弟弟说，街上就像赛马日埃普索姆大街的情景一样。我弟弟和几个难民聊了聊，没能得到满意的答复。

除了一个人之外，没有谁能告诉他有关沃金的任何消息，那个人肯定地说沃金在前一天晚上已经被彻底摧毁了。“我从白福利特来，”他说，“一大清早，一个人骑自行车经过那个地方，挨家挨户通知让我们离开。然后士兵就来了。我们出去一看，在南面看到大团大团的烟雾——除了烟，什么也看不见，也没见一个人影。然后我们听见了切特西的炮声。看见许多人从威布利奇桥过来了。所以我就锁好房门，跟着过来了。”

当时街上的人群都对当局有一种强烈的不满情绪，觉得政府没能及时消灭火星人，给大家带来了麻烦。

大约上午 8 点钟，整个伦敦的南部，枪炮声清晰可辨。我弟弟没听见，因为当时的主干道上交通太繁忙了，但当他经过安静的后街朝河边走去时，炮声就能听得很清楚了。

下午 2 点钟左右，他从威斯敏斯特步行至摄政公园旁的公寓。此时，他非常担心我，知道这次的事情非常严重。他满脑子都是各种念头，就和我星期六的状态一样，尽是些军事方面的细节。他想着那些沉默的蓄势待发的大炮，想到那些突然流离失所的村民，尽力想象着几百尺高的“高跷上的锅子”。

一辆装载难民的马车从牛津街上驶过，在玛丽勒波恩路上也有一些。但是消息传播如此之慢，在摄政街和波兰广场还挤满了星期天晚上溜达的行人，人们成群结队地交谈着，在摄政公园边上，那些成群结队的情侣像往常一样多，在分散的瓦斯灯下静静地轧马路。

夜晚温暖平静，少许有些压抑；炮声断断续续地响着，午夜过后，南面似乎出现了一些闪光。

他将报纸读了又读，担心我已经遇到了不测。他感到很不安，晚饭后，又出门毫无目的地游荡。回来后，他试图将注意力转到考试的笔记上去，但是无济于事。他午夜过后才上床睡觉，星期一凌晨，一阵阵的敲门声，街上的脚步声，远处的鼓声和阵阵的钟声将他从短暂的噩梦中惊醒。天花板上红色的反光跳跃着。有那么一刻，他躺在床上惊呆了，不明白是天亮了，还是整个世界都疯了。然后他跳下床朝窗子跑去。

他住在小阁楼上，当他开窗猛地伸头出去，开窗的响声惊动了四邻。于是十多户人家打开了窗，探出睡得乱蓬蓬的头来，人们大呼小叫地询问着："火星人来了？"一个警察敲着门叫道："火星人来了！"然后又朝另一扇门跑去。

鼓声和军号声从阿尔巴尼的军营里传过来，周围的每一个教堂都响起了猛烈急促的钟声，试图把人们从梦中唤醒。开门声响个不停，对面房子的窗户一扇扇地在黑暗里亮起了黄色的灯光。

沿街飞驰过来一辆关着门的马车，在拐角处突然响声很大，车到了窗下咔咔声更是达到了顶点。然后随着马车渐渐远去，声音慢慢减弱。紧随其后是两辆出租马车，是一长串飞驰车辆的前驱，很有可能去往乔克农场车站，而不是下坡去尤斯顿。因为那里去西北的专列正在装货。

好长时间，我弟弟向窗外呆呆地盯着，看着警察挨家挨户地敲门，传递着让人难以明白的讯息。这时他身后的门打开了，住在楼梯对面的房客进来，只穿着衬衫、裤子和拖鞋，皮带松松地挂在腰上，头发给枕头压得乱蓬蓬的。

“这是怎么回事？”他问，“着火了吗？乱成什么样子了！”

他们都把头伸出窗外，竭力想听清楚警察在喊什么。人们从边上的街道拥出来，成群地站在街角上，讨论着。

“究竟发生什么事了？”我弟弟的邻居问。

我弟弟含糊地回答了一句，然后就开始穿衣服，每穿一件都要跑到窗边看看，丝毫不愿错过外面日益混乱的场景。跟着几个卖早报的人也异常地在街道上吆喝着：“伦敦有窒息之危！金斯顿和里士满的防线告急！泰晤士山谷发生可怕大屠杀！”

在他们周围——楼下的房间，街道两边的房子里，公园坡地的后面以及玛丽勒波恩一带上百条街道上，在威斯特朋公园区和圣彭克拉斯教区，往西北到吉尔波恩、圣约翰树林和海姆斯特德，往东到肖迪奇、海勃瑞和海格斯顿，总之，从伊令到东海姆的整个伦敦大区里——人们擦着眼睛，打开窗子向外凝望，漫无目的地问这问那，匆匆忙忙穿上衣服。大恐慌的第一阵气息开始在大街小巷弥漫。这是大恐慌的开始。伦敦，星期天晚上还在昏沉地入睡，此刻，星期一凌晨终于苏醒了，恐惧的感觉清晰起来。

我弟弟无法从窗口了解发生了什么事，于是下楼来到街上，此时透过两边房子的天空，已看得见粉红色的朝霞。每一刻，逃跑的人和马车都在增多。“黑烟！”他听见有人叫喊，喊了一声“黑烟”，恐慌立即传遍了人群。我弟弟在门口台阶上犹豫着，看见一个卖报人跑来，就立即买了一份报纸。卖报人拿着剩下的报纸跑着叫卖，每份卖一个先令——赚钱和恐慌奇异地混合在一起。

就在这张报上我弟弟读到了由总司令发布的灾难电文。

“火星人用火箭发射了大团黑色有毒蒸汽烟雾，令我们的炮兵部队窒息而亡。他们摧毁了里士满、金斯顿、温布尔登，正缓慢向伦敦推进，沿途一切都被摧毁。已经无法阻止他们。除了迅速逃跑，我们对黑烟已无计可施。”

报道只有这些，但这已足够了。这有着600万居民的城市骚动着，奔跑着，很快人流就会蜂拥向北逃去。

“黑烟！”人们叫着，“着火了！”

附近教堂的钟声发出刺耳的响声，一辆马车在街上乱冲，在水槽处被撞得稀烂，引起人们的惊叫和咒骂。各家房子里暗淡的黄色灯光忽明忽灭，几辆过路的马车上灯光也在摇曳。头顶的曙光越来越亮，清澈、安定而又静谧。

我弟弟听见房间里进进出出的脚步声，又听见身后人们上下楼梯的声音。他的女房东来到门口，睡衣松散地穿着，披着条围巾，她丈夫跟在后头突然喊叫起来。

我弟弟开始意识到事态的严重，他急忙回到屋里，拿上所有的钱——大概10英镑吧——又冲到了街上。

第十五章　萨里的遭遇

正当牧师坐在哈利伏特的公用地篱笆底下跟我胡乱聊着，也是我弟弟俯身威斯敏斯特桥，观看逃难人流的时候，火星人又开始发起了进攻。我们从目前提交的各种相互矛盾的叙述中得知，大部分火星人在霍赛尔的坑中准备，他们忙着操作以便放出大量的绿烟。

但大约晚上 8 点钟，的确有三个火星人从坑里出来了，慢慢地，小心翼翼地穿过白福利特和百伏特，朝瑞普雷和威布利奇走去。夕阳下，火星人看见了待发的大炮。火星人并没有一起进攻，而是排成一条线前进，相互间隔约一英里半。他们相互用汽笛一样的吼叫声来联系，音调忽高忽低，变化不定。

我们在哈利伏特听到的就是这种吼叫声和炮声。在瑞普雷的炮手是一些没有经验的志愿兵，本不应该部署在这么紧要的地区，他们打出了一排齐射，因为射击太早，根本就没有击中目标。然后他们骑着马或步行，穿过空无一人的村子逃跑了。那几个火星人没有使用热光，沉着地小心翼翼地从他们的面前走过，出现在彭希尔公园的大炮面前，把大炮摧毁了。

圣乔治山上的士兵就指导有方、训练有素得多了。他们藏在松树后面，连最近的火星人都没发现他们。他们小心谨慎地布置好大炮，就如接受检阅一样，而且在1000码的射程内才开了火。

弹片在火星人的四围飞溅，只见一个火星人朝前摇摇晃晃地走了几步，就倒了下去。大家齐声欢呼，然后又慌慌张张地重新装填好弹药。倒下的火星人发出一声长啸，很快，第二个发光的火星机甲巨人立即呼应，出现在南面的树林里。看来其中一发炮弹打坏了他的机甲三脚架的一只腿。第二次发射的炮弹距离倒下的火星人较远，落在地上。他的两个同伴立即用热光对准了大炮，弹药爆炸了，大炮周围的松树燃着大火，只有一两个跑到山顶的人侥幸生还。

这以后，那三个火星人似乎在一起商量了一下，停止了行动。负责观察的侦察兵报告说，在接下来的半小时里，他们都纹丝不动。被打倒的火星人从头罩里艰难地爬了出来，一个小小的褐色的身形，从远处看像是个蘑菇头。他开始修理自己的支脚。大约晚上9点钟他修完了，头罩又从树林顶上露了出来。

那天晚上9点过几分，又有四个火星人，各自拿着一根粗粗的黑色管子，与这三个火星人哨兵会合。他们给那三个火星人每人发一根同样的管子，于是七个火星人继续往前走，在瑞普雷西南方的圣乔治山、威布利奇和圣德村之间排成半圆形，相互之间保持着同样的间距。

火星人刚一开始移动，十几枚火箭从山上发射到他们跟前，向在迪顿和爱歇尔等待的炮兵们发出信号。与此同时，四个火星人都带着管子渡过了小河。其中有两个在天空下显得黑乎乎的。我和牧师都看见了，当时我们正痛苦而疲惫地沿着哈利伏特通往北方的小路上走着。在我们看来，火星机甲巨人就像是在云上移动着，由于田野上笼罩着一股乳白色的烟，遮盖了机甲高度的三分之一。

目睹此景，牧师压低嗓子低吼了一声，开始狂奔起来；但我知道在火星人身边跑动是没有好处的，于是转了个弯，爬过沾满露水的荆棘和荨麻丛，爬进了路边的一个大沟。牧师回头看见我的动静，赶紧也过来与我会合。

那两个火星人停下来，离我们近点的一个面向桑伯瑞，远一点的那个对着晚上的星星朝着斯顿斯方向，身影灰暗朦胧。

火星人间断的吼叫声停止了。他们在自己的圆筒外站定，没有声响，围成一个大大的弧形。这个弧形的宽度足有十二英里。自从有了弹药，还没有哪一场战斗的开端是如此寂静。无论我们还是瑞普雷的观察者都感觉到，在淡淡的月光、星星、落日的余晖与圣乔治山以及彭希尔树林的火光映衬下，火星人仿佛是夜晚唯一的主宰。

然而，对着这个弧形的每一处——从斯顿斯、汉斯洛、迪顿、爱歇尔、奥克汉姆，南到河南岸的山背后和树林里，北至河岸北面开阔的草地上，无论是树丛还是乡间的房子，只要是能提供掩护的地方，都布置好了大炮，蓄势待发。信号弹在夜空中炸开，冒出一阵火星，随即消失了，所有待命的炮手观望着，如箭在弦上。只要火星人进入射程，这些一动不动的人影，这些在夜里乌黑闪亮的大炮，立即就会爆发出惊天动地的战斗的吼声。

无须质疑，成百上千的士兵的心里都会和我有一样的念头，首先会问——火星人到底对我们了解多少？他们是否知道，我们几百万人是组织严密、纪律严明而且共同战斗的呢？或者火星人能否理解我们的开火，我们炮弹的突然袭击，我们对他们营地的侦察，就像我们能理解受惊的蜜蜂群会对我们愤怒地群起而攻之呢？他们想把我们消灭光吗？

（那时谁也不知道火星人的食物是什么。）当我望着火星机甲哨兵庞大的身影时，脑子里闪过几百个这样的问题，同时在我内心深处则想着伦敦方向庞大的隐蔽的部队。他们准备好陷阱了吗？汉斯洛的火药库已经设好圈套等火星人来上当吗？伦敦人有没有信心和勇气，把自己的城市变成另一个燃烧的莫斯科呢？

仿佛过了很长时间，我们蹲在篱笆处向外窥视，远远传来炮火的轰鸣声，跟着炮火离我们越来越近。我们身边的火星人高高举起管子，像开枪一样地发射了，一声巨响，震得地动山摇。斯顿斯方向的那个火星人接着也发射了。既没有闪光，也没有烟，只有沉重的爆炸声。

我被这一个接一个的炮火弄得兴奋异常，以至于竟然忘了危险和我烫伤的手，爬到篱笆上朝桑伯瑞方向望去。就这时第二声爆炸响起，一个大弹头从我头顶呼啸而过，向汉斯洛飞去。我以为大概会看见闪光或者火焰，或者它引起的一些动静。但我见到的只是头顶深蓝色的天空，孤星一盏，弥漫着大片白色的烟雾。既没有炸裂声也没有回应的爆炸声，四周重又回到一片寂静，足足有三分钟那么长。

“发生了什么事？”牧师问道，从我身边站起来。

“天晓得！”我说。

一只蝙蝠扑腾着飞过，消失了。远处响起一阵喧闹声，然后又安静了。我又朝火星人看去，只见他操纵的机甲正沿着小河朝东边走去，如滚石般，行动如飞。

我每时每刻都期待着隐蔽的大炮朝这个火星人开火，但是，夜空中始终保持着宁静。火星人的身影因后退而渐渐缩小，被雾气和黑暗所吞没。怀着一致的冲动，我们又爬到更高处。桑伯瑞方向有一个黑影，就像刚刚才形成的一座圆锥形的山丘，挡住了我们眺望远山的视野；在远处河的对岸，沃尔顿的上空，我们看见另一座类似的山丘。在我们的凝视下，山丘似的东西变得越来越低，越来越大。

念头一转，我朝北面望去，在那儿，我看见第三座云团样的黑色山丘出现了。

突然一切都变得静止了。东南方向的远处，我们竟然听见火星人相互鸣笛喊叫，他们从远处发出的轰隆炮火声震动着空气，但是地球炮兵们没做任何回应。

那时我们还不知道这意味着什么，后来我才弄明白这些不吉利的黑色山丘的意义。每一个火星人，站在我描写过的弧形上，用携带的像枪一样的管子，朝每一座小山、灌木丛、建筑群和每一个可能隐蔽着大炮的地方或任何在他们面前的东西，发射出巨大的榴霰弹。有的火星人发射了一个，有的发射了两个，据说在瑞普雷的那个火星人发射了至少五个弹筒。弹筒砸在地上就散开来，并没有爆炸，只是放出大量漆黑的蒸汽，形成黑色的烟柱，向上盘旋、涌动，形成大片乌黑的积云。这座气体形成的山丘，向着周围的地面沉降、扩散，慢慢笼罩着周围的山野。任何动物，只要碰到这种蒸汽，或者吸入一点点这刺激的气味，就会立即死亡。

这种蒸汽很重，比最浓的烟雾还要重，所以当它从第一颗弹筒的撞击中流泻出来，它在空气里沉降下来，以一种液态而非气态的形式倾泻到地面。它们绕过山冈，流进了山谷、深沟和沙道里，就像碳酸气从火山口流出来一样。当它碰到水，就会发生某种化学反应，水的表面立即出现一层粉末状的浮渣，浮渣慢慢沉下去，更多的浮渣冒上来。浮渣完全不溶于水。奇怪得很，气体虽然迅速产生影响，人如果喝了去除浮渣的水，竟然没有害处。浓烟并不像气体那样扩散，它聚集在河岸旁，沿着山坡向下懒懒地流动，在风的带动下缓缓飘着，它同空气里的雾和水汽慢慢混在一起，形成尘埃降落在地上。我们至今不知道这种物质的特性，只知道在蓝色的光谱中显出四条线的未知元素与此有关。

一旦黑烟结束向上升腾而散开来，它就紧贴在物体表面——在它沉淀之前，只要在 50 英尺的高度上面，无论是屋顶上、高楼的上面还是大树上。当天晚上，这在科汗街和迪顿都得到了证明。

一个从那里逃出来的人，绘声绘色地讲述了这种奇怪的黑烟盘旋流动的奇异，他在教堂的尖塔上往下看，看见村里的房子从黑漆漆的烟雾里升腾起来，就像幽灵一样。他在塔上待了整整一天半，又饿又累，还被太阳炙烤着。地面在蓝天和远山的衬托下，像一片辽阔的黑色天鹅绒，点缀着红色的屋顶、绿色的树木。跟着，就见灌木丛、大门、房屋和围墙在阳光下四处显现出来。

在科汗街，黑烟停留在原地直到慢慢沉降到地面。而火星人在黑烟发挥作用之后，一般会冲进烟雾，在它上面喷出一些蒸汽，使空气重新清洁起来。

我们附近岸边的空气就是这样被火星人清洁的。我们回到上哈利伏特的一所被弃用的房子里，借助星光从窗口看到了这一切。从这里，我们还看见里士满山和金斯顿山上那边的探照灯扫来扫去，大约晚上 11 点钟，窗子颤动了起来，我们听见南边部署的野战炮射击的隆隆声。炮声断断续续，持续了一刻钟之久，隐藏在汉普顿和迪顿的火星人开炮了，然后白色的电光熄灭了，代替它的是明亮的红光。

然后第四个圆筒降落了——像一颗明亮的绿色陨星。后来我才知道，它落在布西公园里。在里士满山和金斯顿山那边的大炮开始射击之前，西南方发出了几声零星的炮声，我想，那是炮手在被黑烟吞没之前匆忙发射的。

就这样，像人们用烟熏黄蜂巢那样，火星人在通往伦敦的乡间释放着黑烟。火星人排成的弧形慢慢扩展开来，最后形成了一条从汉威尔到孔培和马尔登的防线。整个晚上，他们都用那破坏力极强的管子开道。自从圣乔治山的那个火星人被打倒后，他们再也没有给炮兵任何开炮的机会。只要面前有可能埋伏着大炮，火星人就放出一个弹筒；只要有看得见的大炮，火星人就用热光将其摧毁。

到了半夜，沿里士满公园山坡边上燃烧的树林，金斯顿山的火光照在一片网状的黑雾上，黑雾笼罩了整个泰晤士山谷的上面，一直延伸到眼睛看不见为止。两个火星人在黑雾里吃力地前行，不停向各个方向发射嗞嗞作响的热光。

那天晚上，火星人的热光使用得很节省，或许他们生产这种物质的原料有限，或许不想摧毁所有的村子，而只是想打退和威慑人类的进攻。他们显然达到了后一个目的。星期天晚上，针对火星人有组织的反击是最后一次。自此以后，再没人能阻挡火星人的进攻了，反抗是毫无希望的。甚至连开往泰晤士河上游的鱼雷艇和运送快速炮的驱逐舰，都拒绝停泊，一场哗变之后，他们又顺流而下了。当晚唯一的抵抗行动就是埋地雷和挖陷阱，人们也战战兢兢，干干停停。

人们只能设想——也不难设想——那些驻扎在爱歇尔星光下紧张地等待的炮兵们的命运，自然是无一幸存的。你可以勾勒出一幅秩序井然的画面，军官们充满警惕，炮手们做好了准备，码好的弹药就在手边，马车夫及马匹、马车严阵以待。成群的观望的平民尽可能地靠近站立。夜晚寂静无声。救护车和医院的帐篷里躺着从威布利奇来的烧伤的伤员；随后响起火星人发射炮弹的沉闷的回声。笨重的弹筒在树林和房子上空呼啸而过，在附近的田野里爆炸开来。

你也可以勾勒这样的画面：人们突然转移了注意力，黑雾翻卷滚动着向前涌来，在空中升腾，把昏暗的天空搞得漆黑一片。奇怪而恐怖的蒸汽朝人们袭来，人和马匹在烟雾里变得模糊，他们尖叫着，奔跑着，一头栽倒在地上，发出惊恐的喊叫，大炮被丢下，人们窒息了，在地上扭动着。朦胧的锥形黑雾迅速地扩散。天地间只剩下黑夜和灭绝——寂静的难以穿透的烟雾遮掩着死亡。

黎明之前，整个里士满大街上黑烟笼罩，瓦解中的政府做着最后的努力，通知伦敦的居民务必赶紧撤离。

第十六章　伦敦大逃亡

你不难想象，星期一一大早，恐惧的浪潮席卷了这个世界上最大的城市——逃跑的人群迅速汇成了一股人流，像暴乱的洪流在火车站周围涌来涌去。人们纷纷在泰晤士河上争抢船只，慌忙冲向北面和东面的每一个出口。10点钟的时候警察已经失控，到了中午时分，连铁路当局也乱了方寸，没了组织和效率，整个社会秩序迅速弱化消散，化为乌有。

泰晤士河以北的各条铁路线和坎农街东南的居民，都在星期天午夜得到了警报，火车厢里塞满了人。甚至到了下午2点钟，人们还为在车厢里争夺一个立足之地大打出手。下午3点钟，主教门街，离利物浦大街车站约200码的地方，也挤满了相互践踏、碾压的人流。枪声响起，人群打斗起来，派去维护交通的警察筋疲力尽，火冒三丈，用棍子殴打着人群，这些本来是他们要保护的对象。

随着时间推移，很多火车司机和司炉工都拒绝返回伦敦，逃跑的压力让人群如滚雪球般不断增加，离开火车站沿路向北跑去。中午有人在巴恩斯看见一个火星人，一团下沉的黑雾沿着泰晤士河和郎伯斯区飘过来，缓缓切断了从桥上逃跑的退路。另一团黑雾蔓延在伊令上空，将卡斯尔山的幸存者围困起来，他们尽管活着，但却逃不出来了。

我弟弟想在乔克农场车站登上往西北方向的火车，却是白费力气——这列从货场上来的火车已经装满了人，“犁开”尖叫的人群，往前开动。几个健壮的男人奋力拦住人群，以免他们把司机的头挤扁。我弟弟来到乔克农场路上，躲避川流不息的车辆——他还算走运，在哄抢自行车商店时排第一个。当他把车从窗户里拖出来的时候，前轮胎扎破了，还伤了一个手腕，但是他顾不上许多，还是骑上车走了。在哈佛斯托克山陡峭的斜坡上，几辆翻倒的马车挡住了去路，于是他只得朝贝尔斯兹路骑去。

这样，他逃离了惊恐愤怒的人群，转上了爱琪维尔路，大约晚上 7 点钟的时候到了爱琪维尔。尽管又累又饿，却跑在逃难人群的前头。沿途的人们站在路边，好奇又不解地看着他。几个骑自行车的人、一些骑马的人和两辆汽车在路上超过了他。在离爱琪维尔还剩一英里的地方，自行车的一个轮圈裂了，车没法再骑了。他把车扔在路边，继续朝村里走去。大街主干道两边的商店半开着门，人行道上，大门口，窗台上，到处都挤满了人。人们吃惊地望着大批正不断涌入的难民。我弟弟在一家小酒店里终于弄到点吃的了。

他在爱琪维尔逗留了一会儿，不知道下一步该怎么办。逃难的人数不断增多。许多人像我弟弟一样，都想在这儿停留一会儿。这时还没有关于火星入侵者的最新消息。

道路很拥挤，但还不至于堵塞。开始大多数的难民都骑着车，但很快，就有汽车、双座马车及客车匆匆开过，在通往圣阿尔本斯的路上扬起厚厚的尘土。

他当时可能有个模糊的概念，想往契姆斯福特去，那里有他的几个朋友。最后他拐进了一条通往东方的僻静小路。他碰上一道篱笆，一路上几乎没看见难民。直到在通向巴涅特高地的草径上，他遇到了两位女士，幸亏他及时赶到，碰巧救了她们一命，后来这两位女士成了他的旅伴。

当时他听见她们的尖叫声，赶紧跑到拐弯口，只见两个男人正要把她们从一辆小马车上拽下来，还有一个男人则死死拉着那匹受惊小马的马头。其中一个白衣女士个子稍矮，只一个劲地尖叫着；另一个肤色较黑较苗条的女人，她的一只胳膊被一个男人抓住，另一只手拿着马鞭朝抓她的男人抽打着。

我弟弟立刻就明白了情形，大叫一声，冲将过去。其中一个男人住了手，朝他转过来。他一看情形就知道非打一架不可了，他是一个专业拳击手，立即迎上前去，把那人打翻在马车轮子上。

眼下可不是拳击手讲绅士风度的时候，他一脚把那人踢得不吱声了，然后又抓住那个拉着瘦小女士胳膊的男人的衣领，这时，他听见马蹄的踢踏声，然后脸上就挨了一鞭子，第三个家伙朝他眉心打了一拳，被他抓着的那个男人趁机挣脱开来，沿着小路朝来的方向逃跑了。

被打得有点眩晕，我弟弟发现自己面前正是那个抓住马头的男人，那辆马车正左右摇晃着沿小路从他身边离开，两个女人正从车上往后看。他面前的那个家伙看上去很壮实，正想朝他冲过来，我弟弟一拳揍在他的脸上。这时我弟弟才发现自己被撂下了，于是闪避一旁，朝小路上的马车追去。那个壮汉紧随其后，先前逃跑的那个男人也转身回来，远远跟在他们后面。

他突然绊了一跤，摔倒了。紧跟着他的男人朝前跑去。他站起身，发现自己又面对着两个人了。要不是前面那个瘦小的女人非常勇敢地拉住了马，赶回来帮忙，我弟弟就差点对付不了他们。看来她手里有一支左轮手枪，只是她们先前遭到攻击的时候，这把枪放在座位底下。她在六码远的地方开了一枪，差点打中我弟弟。一个胆小的家伙立刻逃跑了，他的同伙追过去，骂他胆小如鼠。两个家伙在小路的另一头停下来，他们的另一个同伴还躺在那里动弹不得。

“拿着！”那个瘦小的女人说着，然后把枪递给我弟弟。

“回到车上去。”我弟弟说，一边抹去嘴上的血迹，他的嘴唇被打破了。

她转过身，一声不响——他们俩都气喘吁吁——回到另一个穿白衣服的女士那里，她正拼命拉住那匹受惊的小马。显然，那两个强盗都受够了，不再动手。当我弟弟再回头看时，他们正要逃跑。

我弟弟说：“如果可以的话，我坐这儿吧。”他上车坐到前排的空座位上。那位女士朝后看了他一眼。

“把缰绳给我。”她说，然后往小马身上抽了一鞭。一会儿工夫他们就在路上转过一个弯，三个强盗都看不见了。

就这样，完全在意料之外，我弟弟坐着马车和两个素不相识的女士一起，往一条不知名的路上驰去。他喘着气，嘴唇被打破了，鼻青脸肿，手指关节上还沾着血迹。

他后来才知道，她们分别是斯丹摩尔一名外科医生的妻子和妹妹。外科医生早上从品内尔的一个重症患者那儿返回家时，在路上的火车站里听到了火星人进攻的消息。他急忙赶回家，叫醒妻子和妹妹（他们的用人已于两天前离开）——收拾了一些食物，把手枪塞在车座底下（算我弟弟走运），告诉她们驾车到爱琪维尔乘火车。他赶去通知邻居。他说自己会在清晨 4 点半钟追上她们，可现在已经将近 9 点了，连他的人影也没有。她们不能在爱琪维尔停下来，越来越多的难民让交通变得很拥挤，她们只能走到这条小路上来。

这就是她们零零碎碎讲给我弟弟听的经历。不久，在靠近新巴涅特附近，他们又停下来。他答应和她们待在一起，直到她们决定该怎么做，或者等到那个女士的丈夫赶来。我弟弟为了安慰她们，声称自己很会使枪——实际上他根本就不知道怎么用。

他们在路边小停了一会儿，小马在篱笆里也变得欢快多了。我弟弟把自己逃离伦敦的经历告诉了她们，并告诉她们自己所知的火星人及其所作所为。太阳已经高高挂在天上了，过了一会儿，他们的谈话中止了，大家都陷入不安的期待之中。路上走过几个徒步旅行者，我弟弟尽力向他们打听了一些消息。他们片言只语的回答更让我弟弟觉得人类正面临着巨大的危险，进一步加深了他立即逃亡的决心。他不得不催促两位女士。

“我们有钱。”那个瘦小的女人说着，很是犹豫。

她的眼神一遇到我弟弟的目光，就不再犹豫了。

“我也有钱。”我弟弟说。

她说她们有 30 英镑的金币，还有一张 5 英镑的纸币，说可以用这些钱在圣阿尔本斯或新巴涅特乘火车。我弟弟认为那样做是没有希望的，因为他目睹了伦敦人在车站争抢的情景，他提议穿过艾塞克斯到哈维奇，这样就可以安全逃离这个国家。

埃尔芬斯通夫人——这是那位穿白衣女士的名字——听不进任何建议，只是不停叫着“乔治”，但是她的小姑却出奇地冷静和沉着，最后同意了我弟弟的建议。就这样，为了越过大北公路，他们朝巴涅特走去，我弟弟牵着那匹小马，想尽量让它省点力气。

当太阳升上半空，天气变得格外炎热，脚下厚厚的白色沙土给晒得发烫，晃人眼睛，所以他们只能慢慢地行走。路边的篱笆盖着灰色的尘土。他们朝巴涅特前进时，嘈杂的声音越来越响。

他们碰见的人越来越多。大多数人都呆呆地看着他们，咕咕哝哝地问着不清楚的问题。这些人疲惫不堪、衣衫褴褛、脏兮兮的。一个穿着睡衣的男人从他们面前走过，眼睛盯着地面。他们听见了他的声音，转头去看，只见他一手揪着自己的头发，另一只手在空中胡乱敲打着。他发完狂以后，就头也不回地继续朝前赶路了。

当我弟弟一行人来到巴涅特南面的十字路口时，看见一个妇女正穿过左面的田野来到路边，她抱着一个孩子，另外还带了两个；然后又来了一个穿着黑色脏衣服的男人，一手拄着根粗手杖，另一手里提着一个小箱子。再转过一个街角，在小路的拐角，在大路与小路交汇的别墅之间的一条小巷里，驶来一辆小马车，拉车的小黑马浑身冒汗。赶车的小伙子，戴着圆顶阔边帽，面如土色。车上坐着三个姑娘，好像是伦敦东区的女工，还有两个小孩儿也挤在车上。

“这条路能到爱琪维尔吗？”赶车人问道，他眼神凶野，脸色苍白。我弟弟告诉他向左转，他也不道谢，立即加鞭接着赶路。

我弟弟注意到一股浅的灰色烟或阴霾从前面的房子上升起，将路那边的白色阳台正面都遮盖了。路的两边是别墅的后墙。在炎热湛蓝的天空下，几股带烟的红色火苗蹿上面前的房顶，见此情形，埃尔芬斯通夫人突然大哭起来。哭叫声和各种各样混乱的声音交织在一起，包括车轮的转动声，马车的吱嘎声，马蹄的嘚嘚声。离十字路口不到五十码的地方，小路来了个急转弯。

“天哪！”埃尔芬斯通夫人喊道，“你要把我们拉到哪儿去啊？”

我弟弟停下马车。

此时，主干道上人潮涌动，相互拥挤着，汇成一股乱糟糟的人流朝北方涌去。在白亮耀眼的阳光下，一大团尘土把地上 20 英尺以内的东西都变得灰蒙蒙的模糊不清，匆匆而过的马匹和步行的人群，以及形形色色的马车不断扬起阵阵烟尘，经久不散。

“让开！”我弟弟不断听到有人叫着，“让开路！”

在小路和大路交叉的地方，就像是冲进了一片冒着烟的火场，人声鼎沸，尘土飞扬、刺鼻。在路前面一点的地方，一座别墅正在燃烧着，冒出来的滚滚黑烟更增加了混乱的气氛。

两个男人经过他们身边。然后是一个脏兮兮的女人，她身上背着一个沉甸甸的包裹，哭哭啼啼的。一只迷路的猎狗，伸长舌头，在他们身边转来转去，又惊又怕，被我弟弟一吓唬就逃开了。

逃离伦敦的路上，他们见到的就是这种景象。在右面的房子之间到处都充斥着肮脏的匆忙的人流，被困在两边的别墅之间。黑色的脑袋，拥挤在一起的人影在拐角处匆匆而过，十分显眼。人潮退去而逐渐消失，最后被飞扬的尘土所吞没了。

“快走，快走！”人们叫喊着，“让开，让开！”

后面的人用手抵在前面人的背上。我弟弟站在小马旁边，不由自主地被人群推着往前缓慢移动，一步一步顺着小路前行。

爱琪维尔已乱作一团，乔克农场也挤满乱糟糟的人流，这可是全体人民的大迁移。场面混乱得难以想象，几乎难以描述。人潮涌过了街角，然后又倒退着回到小路。路边步行的人们为了给马车让路，有的摔倒在沟渠里，有的相互撞在一起。

小车和马车也挤成了一堆，那些想赶快的不耐烦的车辆没有任何机会能够趁空当跑起来。人群也被挤得四散开来，靠在篱笆和别墅的门口。

“快走啊！”大家叫着，“快走！火星人来了！”

在一辆马车上，站着一个身着救世军制服的瞎子，用弯曲的手指比画着，一边嚷着：“永生啊，永生！”他的声音嘶哑而大声，因此他的人影消失在烟尘里过了好久，我弟弟还能听见他的叫声。一些挤在马车上的人愚蠢地抽打着马，一边和其他驾车人争吵着；有的人则一动不动地两眼发呆，神情凄惨；还有些人渴得直咬自己的手，或者干脆头朝下躺在车厢后面。马嚼子上满是白泡。

路上有各种出租马车、载客马车、商店马车和带篷马车，不计其数；还有一辆邮车，一辆标有“圣彭克拉斯教区”的清洁车，一辆挤满了壮汉的大型运木材的马车，一辆辘辘驶过的两只前轮上溅着鲜血的啤酒厂的马车。

“让路！”有人喊着，“让路！”

“永生啊，永生！”回声从路边传来。

几个悲伤、憔悴的妇人拖着沉重的脚步走过，她们都衣着讲究。几个孩子哭哭啼啼、跌跌撞撞地跟在旁边。她们华丽的衣服沾满了尘土，疲惫的脸上布满泪痕。一些男人同她们一道走来，有时帮她们一把，有时则粗鲁又凶狠。与这些人并肩同行的还有穿着褪色黑衣的街头流浪汉，他们衣衫褴褛，目露凶光，大声粗气，满嘴脏话。几个强壮的工人在人群中使劲挤着，几个神情沮丧、蓬头垢面，衣着像是职员和店员的人跟在后面；我弟弟看见了一个伤兵，一个穿着铁路制服的行李搬运工和一个可怜的家伙——他里面穿了件长睡衣，外头罩了件外套。

尽管这群人身份各异，但有几个特征却是相同的。他们的神态都很恐慌和痛苦，被恐惧驱赶着。无论是路上的一阵混乱，还是为了抢占马车上的一个位子发生的争吵，都会使所有的人加快步伐；连一个吓破了胆、屈膝的人有阵子也重新振作起来。炎热和尘土让这群人吃尽了苦头。人们的皮肤发干，嘴唇变黑开裂。他们口干舌燥，疲惫不堪，双脚酸痛。各种各样的哭喊声、争吵声、责骂声、呵斥声和因为劳累发出的呻吟声此起彼伏。这些声音的大部分已经变得嘶哑而微弱，仿佛都重复着一句话：“让路，让路！火星人来了。”

很少有人停下来跑到人流的外头。这条小路斜着通往大路，有一个狭窄的路口，而且看上去给人的感觉是从伦敦方向通过来的。一大群人在这个路口形成了一个旋涡，没力气的人给挤了出来，但他们大多稍事休息便又挤进了这个人流之中。顺着小路走一截，只见一个人光着一条腿躺在地上，腿上的破布血迹斑斑，两个朋友俯身照料着他。他还能有朋友，算得上是幸运了。

一个瘦小的老头，留着士兵那种灰色的胡须，穿着肮脏的黑色礼服，一瘸一拐地从人群里走出来坐在路边，脱下靴子——他的袜子上沾着血迹——倒出里面的石子，然后又跌跌撞撞上路了。一个约莫八九岁的小女孩，独自一人，扑到了我弟弟近旁的篱笆底下，哭着："我走不动了，我走不动了！"

我弟弟从震惊中猛然惊醒，把她抱起来，轻声地安慰着她，把她领到埃尔芬斯通夫人面前。我弟弟只要一碰到她，小女孩就吓得不动了。

"爱伦！"人群中一个女人尖叫着，带着哭腔，"爱伦！"小女孩突然从我弟弟身边跑开，喊着："妈妈！"

"火星人来了。"一个骑在马上的男人说着，沿小路跑过。

"让开点，喂！"一个马车车夫高高地坐在马车上叫着。我弟弟看见一辆紧闭车门的四轮马车拐进了这条小路。

为了避让马车，人群互相推攘着后退。我弟弟推着小马和马车退到篱笆旁边，车夫驾车疾驰而过，在转弯处停下来。那是辆四轮马车，本应该由两匹马拉着，但现在只剩下了一匹。透过灰尘，我弟弟依稀看见两个人从里面用白色担架抬出了什么东西，轻轻地放在篱笆边的公用地上。

其中一个人向着我弟弟跑过来。

"哪儿有水？"他问，"他快不行了，口渴得厉害。他是加力克勋爵。"

“加力克勋爵？”我弟弟说，“最高法院院长？”

“有水吗？”他又问。

“房子里可能会有水龙头。”我弟弟说，“我们没有水。我不能离开我的人。”

那个人推开人群，朝拐角上那间房子的大门走去。

“快走！”人们用力推着他，“火星人来了，走啊！”

这时，我弟弟的注意力被一个下巴上留着胡子的鹰脸男人吸引了。他手里提着一个很小的旅行袋，我弟弟看见旅行袋裂开来，从里面滚出许多金币。金币掉到地上，在人们的脚边和马蹄之间到处滚着。这个人停下来呆呆地看着那堆钱币。这时，一辆出租马车的车杠撞在他的肩上，一个踉跄。他惊叫了一声往后躲避，一个车轮紧紧贴着他擦过去了。

“让开，”他四周的人叫着，“快让开！”

马车刚开过去，他立即伸出双臂，扑向地上那堆金币，一捧一捧地把金币往口袋里装。这时一匹马从他的身边冲过，一眨眼的工夫，他还未来得及站直身，就被马蹄踩倒了。

“停车！”我弟弟尖叫道，一把推开挡在他前面的女人，试图去抓住马嚼子。

还没等他抓住，就听见轮子下面传来一声惨叫，我弟弟透过灰尘看见车轮从那个可怜家伙的背上轧过。马车车夫还朝我弟弟抽了一鞭，他赶紧绕到了车后。他满耳听到的都是喊叫声。那个男人在尘土里扭动着，周围是散落的金币，他站不起身，因为轮子轧断了他的背，他的双腿软绵绵的，失去了知觉。我弟弟站起身，大声叫喊后一辆车的车夫——一个骑黑马的人过来帮忙。

“把他抬到路边去。”他说，用一只手抓着那个男人的衣领。我弟弟把那人拖到了旁边。但那人还紧紧地抓着自己的钱，凶狠地盯着我弟弟，用抓着金币的手捶打着我弟弟的胳膊。“快走，快走！”他们身后的人生气地叫着。

“让路，让路！”

一辆四轮马车的辕杆撞在那个骑黑马的人停下的马车上。我弟弟抬头一看，拿金币的男人趁机扭过头，朝抓着他衣领的手腕上咬了一口。这时发生了一场冲突，黑马给冲到了旁边，马车也给推到一边，我弟弟的脚差一点被马蹄踩到。他松开抓住那男人的手，往后一跳，看见躺在地上这个可怜的家伙，脸上的表情已由愤怒变成了惊恐，一会儿工夫他就不见了。我弟弟被人往后挤，一直倒退着过了路口，他费了好大的劲才又挤回来。

他看见埃尔芬斯通夫人用手捂着双眼，一个小孩带着孩童的悲悯好奇，注视着路上灰尘中那团东西。那东西黑乎乎的，一动不动，任由路上的车辆不断碾过。

“我们退回去吧！”我弟弟一边扭转马头，一边喊道，“这个地方我们过不去——他妈的。”他们在来时的路上往后退了一百码，直到看不见纷乱的人群。当他们经过路上那个转弯时，我弟弟看见女贞树下，沟渠里那张垂死人的脸，惨白扭曲，汗水发亮。两个女人静静地坐着，蜷缩在座位上颤抖着。

经过拐角后我弟弟又停了下来。埃尔芬斯通小姐脸色苍白，她的嫂子坐在那里哭着，吓得连“乔治”都忘了。我弟弟也很害怕，不知所措。他们一退回来，就意识到穿过那条小路是多么地紧迫和必要。他转向埃尔芬斯通小姐，语气果断坚决："我们必须走那条路。"然后，他牵小马调过头来。

那一天，这个姑娘再一次展示了她的品质。为了挤回人流中，我弟弟冲进人流，拦住一匹出租马车，埃尔芬斯通小姐驾着小马从它身边驶过。一辆运货马车卡住了车轮，从他们的马车上扯下一长条木板。一会儿，他们被人群挟裹着，推拥着前进。我弟弟脸上、手上还留着马车车夫抽的红色鞭痕，他纵身跃上了马车，从她手里拿过缰绳。

"拿枪瞄准后面的人。"他边说，边把手枪递给她，"如果他靠得太近，不！——瞄准他的马。"

然后他们就开始寻找机会挤到右边穿过小路。但是一旦卷进人群，他好像就丧失了自己的意志，成了充满尘土的大路的一部分。他们和人流一起，经过了巴涅特；在他们奋力横穿到小路对面之前，已经远离镇中心将近一英里了。这一片喧哗和混乱真是难以形容；但是，镇里镇外，道路又出现很多岔路，这样在某种程度上缓解了路面压力。

他们穿过海德里向东面走，在路的两边和更远一些的地方，他们碰见许多人在溪流里喝水，还有人争抢着要到水里去。更远处，从东巴涅特附近山顶上，他们看见了两列火车，没有发信号，无秩序地慢慢地沿着大北铁路线向北开去——车上挤满了人，连火车头后面的煤厢里也是人。我弟弟猜想人们一定是在伦敦之外上的车，因为那时愤怒到了极点的人群，已经让总站的工作陷入停顿。

他们在附近找地方停下来，休息了一下午，因为一整天的险遇已让他们三个都筋疲力尽。他们开始感到了饥饿；夜里很冷，但他们都不敢睡觉。整晚都有人从他们停车的地方匆匆经过，想要逃离未知的危险。

第十七章　激战“雷童”号

如果火星人的目的只是毁灭，那他们在星期一就可以将所有伦敦的民众一举歼灭，那时人们正沿着乡间小郡慢慢疏散。人们不仅沿着巴涅特，而且还穿过爱琪维尔和渥尔撒姆修道院，沿着所有向东通往苏仁得和休伯利尼斯的道路，以及泰晤士河以南到地尔和百老特斯得尔斯，到处都流动着这群恐慌的人流。如果有人在那个六月的清晨，乘坐气球悬挂在伦敦耀眼的蓝天下，从伦敦迷宫一样的街区向北面和东面延伸出的每一条路上，他定能看见由一个个黑点组成的难民人潮，每一个黑点都意味着人类的恐惧和肉体的摧残。我在上一章里已经描述了我弟弟途经契兵巴涅特的经历，是为了让我的读者能了解那一窝蜂似的黑点对于当事人来说意味着什么。在这之前，人类历史上还没有这么大规模的人群一起行动，一同受难。传说中的哥特和匈奴人——亚洲人见过的最大的军队，跟这些人流相比只不过是沧海一粟。这不是有纪律的行动，而是一场惊慌的逃窜——规模巨大、充满恐怖的逃窜——没有组织，也没有目标，600万手无寸铁和粮食匮乏的人民，只知道抱头鼠窜。这是文明毁灭和对人类大屠杀的开始。

气球上的人能看到，在他正下方，纵横交织的街道、房屋、教堂、广场、十字路和花园——已经空无一人——像一幅巨大的地图展现在面前，南方都被“抹”掉了。在伊令、里士满和温布尔登的上空，就像是有一支巨笔在地图上甩了许多的墨水。每一个黑色的污迹都在慢慢地不停地扩展，四下里伸出分支，沿着地形时而因受阻隆起，时而越过山冈，流向一个新的山谷。这和一团墨水滴到吸水纸上会浸润开来一样。

远处，在河流南面蓝色的山脉上，闪光的火星人来回走动着，平静地、有计划地朝乡间的各处散布那种有毒的黑色烟雾，达到目的后又用蒸汽来喷洒毒烟，占领着每个被征服的地区。他们似乎并不想斩尽杀绝，只是想彻底挫败人们的斗志，瓦解任何的抵抗。他们炸毁每一座遇到的弹药库，切断每一根电报线，捣毁各处的铁路。他们就像是在割断人的脚筋，让人类残废。他们好像并不急于扩大行动的范围，整整一天的时间，火星人都没有越过伦敦中心区的范围。极有可能，星期一早上还有很多的伦敦人仍然坚守在自己的家里。可以肯定许多人在家里被黑烟窒息而亡了。

中午时分，伦敦波尔地区的景象触目惊心。蒸汽船和其他各种各样的船只停在水上，难民们为了上船都愿意支付大笔的钞票，据说许多从水里游上船的人被船钩打下去淹死了。大约下午 1 点钟的时候，在布莱克费莱尔桥拱之间出现了薄薄的黑烟，即刻波尔陷入疯狂混乱之中，到处都是打架、冲撞，有时好几艘小船和驳船阻塞在塔桥的北端桥面下头，水手和船夫们不得不野蛮推开从河边拥上来的人。许多人干脆直接从桥上爬到了桥墩下面。

一小时之后，一个火星人在钟楼那边出现了，蹚着河水而下，莱姆豪斯上除了残骸已空无一物。

我接着讲第五个圆筒降落的事。第六颗陨星降落在温布尔登。我弟弟正待在公用地上的马车里，守护着身边的两位女士，他看见了远山后面的绿色闪光。星期二，他们仍想着穿过大海，一行人钻进逃亡的人群朝科尔切斯特出发了。火星人已占领伦敦的消息得到了证实。有人在海格特看见了他们，据说，甚至在尼斯顿也有人看见火星人。但直到早上我弟弟才看到他们。

那一天，四散的难民开始意识到食物的紧迫需要。人们越来越饿，就顾不上尊重私有财产权了。农民们手持武器跑出来，保护自己的牛棚、粮仓和还未成熟的庄稼。几个人像我弟弟一样想向东走，还有几个走投无路，想掉头回伦敦找食物。这些人主要来自伦敦北部，他们只听到关于黑烟的一些传闻。我弟弟听说一半的政府人员已经集中到了伯明翰，在中部各郡已经准备好大量烈性炸药，用来埋设自动地雷。

他还听说中部铁路公司已经恢复了第一天恐慌之中造成的交通瘫痪，重新通车了，火车开始从圣阿尔本斯开往北方，以缓解各郡难民交通拥挤的状况。在奇平温加还贴出了一张公告，宣称北方各镇里存储了大量的面粉，并会在24小时内向临近的饥饿的难民分发面包。但是这个消息并没能阻止我弟弟执行自己的逃跑计划，他们三个人向东走了一天，实际上，除了公告上分发面包的保证，其他人也没有听到更多的消息。那晚，又落下了第七颗陨星，落在了樱草山上。陨星落下时埃尔芬斯通小姐正在守夜，因为当时她和我弟弟轮流值班。她看见了陨星。

星期三，这三个逃难者——他们在没有成熟的麦地里过了一夜——到了契姆斯福特。在那里，有一个居民组织自称是公共供给委员会，把小马当作食物抢走了，而且他们不拿任何东西交换，只保证第二天他们会分到一些马肉。到处都是火星人到达爱宾的谣传，还有渥尔撒姆修道院火药库被炸了的消息，人们企图炸死一个火星人，但是没能成功。

人们在这里的教堂钟楼上观望火星人。我弟弟很幸运，虽然当时三个人都饥肠辘辘，但他决定立刻前往海岸，而不是停下来等待食物。到了中午，他们穿过了蒂林汗姆。奇怪的是，那里一片寂静，荒无人烟，除了几个鬼鬼祟祟的人在到处找食物。他们突然看见了海，还有一大批人们想都想不到的各式各样的船只。

由于水手们再不能往泰晤士河上开，他们只能来到艾塞克斯海岸，到了哈维奇、沃尔顿和克拉克顿，然后经过富尔尼斯和休伯瑞，把民众救出来。船只排列成巨大的镰刀形弧线，最后消失在纳兹附近的烟雾之中。紧靠海岸是一大群单桅渔船，英国的、法国的、德国的，还有瑞典的；从泰晤士河来的蒸汽船、游艇、电动小船；远处是大吨位的船舶，有肮脏的煤船、油船、货轮和客轮，甚至还有来往于南安普顿和汉堡来之间的漆成灰色和白色的邮轮；在沿着蓝色的海岸穿过黑水的地方，我弟弟能隐约辨认出海滩上的人正在密密匝匝的小船边上与水手们讨价还价，这片小船沿着黑水一直延伸到马尔顿。

大约两英里之外，停泊着一艘铁甲舰，吃水很深，看起来就像一艘装满水的船。这是叫作“雷童”的海防铁甲舰。这是唯一可见的一艘军舰，但在右面的远处，平静的海面上——因为那里风平浪静——有一股弯曲的黑烟，那里有海峡舰队的另一只军舰。这只军舰在延伸的航线上游弋。当火星人进攻的时候，舰员们时刻准备横跨泰晤士河口，生火待发，虽充满警惕却无力阻止火星人的进攻。

一看到海，埃尔芬斯通夫人立即惊慌起来，她的小姑再怎么安慰也不管用。她从来没有离开过英国，她说宁愿去死，也不愿意无亲无故地在外国过活，等等。这个可怜的女人，在她的想象中，法国人和火星人似乎很相似。两天的旅程里，她已经变得越来越歇斯底里，充满恐惧，意志消沉。她认为的妙计是回斯丹摩尔去。斯丹摩尔一向宁静而安全，她们会在那儿找到乔治的。

他们花了好大的劲儿才把她劝到海滩上，在那儿，我弟弟很快引起了从泰晤士河过来的一艘汽船上的几个人的注意。他们派出一艘小船过来讨价还价，三个人收费 36 英镑。那些水手说，船是开往奥斯坦德去的。

当我弟弟在舷梯处付清了船费，和同伴一起安然上了船，此时已大约下午 2 点钟。船上有饭吃，但价格贵得惊人，他们三个还是设法在前面的位子上吃了些东西。

船上已经有了四十几个乘客，许多人为了坐上船，花光了最后一笔钱。但是船长还在不断地招揽乘客，直到甲板上都险乎乎地挤满了人，才肯开船向黑水开去，这时已经是下午 5 点钟了。要不是当时南方传来了炮声，他可能还要再耽搁一阵。仿佛是为了回应那些炮响，海里的铁甲舰发射了一颗小炮弹，又升起了一串旗子。从它的烟囱里喷出一股浓烟。

有的乘客认为，炮声来自休伯利尼斯。直到后来，大家才注意到炮声越来越响。同时，在遥远的东南方，在滚滚的黑烟之下，三艘铁甲舰的桅杆和干舷相继冒出了海面。但我弟弟迅速把注意力转向了南面的炮火。他似乎看到从远处灰色的迷雾里升起一柱烟来。

这艘小蒸汽船乘风破浪朝新月形的船队东面行驶着，低低的艾塞克斯海岸变得幽蓝而朦胧。这时，一个火星人出现了，远远看去，那是一个小小的、淡淡的黑点，沿着泥泞的海岸朝富尔尼斯方向走来。看到这些，船长在船桥上大声咒骂着，一方面因为害怕，另一方面后悔自己耽误了时间，汽船似乎也受了恐惧的感染。所有船上的乘客，站在船舷上或坐在座位上，都目不转睛地盯着远处那个身影。那个身影比树梢和教堂的塔楼还高，正模仿着人的步态，从容不迫地慢慢朝前走着。

那是我弟弟见到的第一个火星人。他站在那里，与其说是惊恐，还不如说是好奇地看着这个机甲巨人，看着它一步步镇定地朝海上的船队涉水而来，海岸线渐渐被它抛在了身后。后来，远在克罗区那边，又走来一个火星机甲巨人，它跨过矮树桩，然后在更远的地方，又一个冒了出来，在海天相连的闪亮沙滩上行进。它们都朝海滩大步而来，好像是想阻止拥挤在富尔尼斯和纳兹的大批船舶逃跑。尽管这艘汽船上的引擎已经开足马力，轮船搅起的泡沫在身后抛下道道水花，但前进的道路不详，于是小船以极低的慢速退却了。

我弟弟朝西北方向望了一眼，因为恐惧降临，舰队形成的新月形已经变得扭曲了，这艘船越过那艘船，另一艘又从边上绕过。蒸汽船拉响了汽笛，喷出一大股浓烟，帆篷都升了起来，小汽船也左冲右突。眼前的景象和左舷渐渐逼近的危险让我弟弟不知所措，完全无暇顾及海面。这时，汽船（为了避免与另一艘船撞上）来了一个急转弯，将他从自己先前站着的座位上摔了下来。周围响起一片惊叫声、脚步声以及人们发出的庆幸的声音。汽船倾斜了，我弟弟侧身用手撑在甲板上。

他跳了起来，往右舷看去，离这艘倾斜摇晃的船不到 100 码的地方，有个像巨大的铁犁似的庞然大物劈开海水，把翻滚着泡沫的巨浪朝轮船的两边推过来，无助的汽船被抛向空中，然后又将船的甲板淹没到吃水线以下。

飞溅的水沫打得我弟弟几乎睁不开眼睛，等他张开两眼，看见怪物已经过去了，正往陆地方向冲去。这时，一艘急速前进的铁舰的庞大干舷出现了，从它两个突出的烟囱里喷出冒着火的浓烟。那就是鱼雷铁甲舰“雷童”号，它正赶来拯救那些受到火星人威胁的船只。

紧紧抓着船舷，我弟弟在颠簸的甲板上站稳了身子。他的目光越过了铁甲舰的庞大身影，又落在了火星人的身上，现在三个火星机甲巨人已会合在一起，它们站在离海岸很远的地方，三脚支架几乎完全没入水中。因为浸在水中，从很远的地方看过去，这些火星机甲巨人好像远比那艘巨大的铁甲舰可怕。看来它们似乎对这个新的敌手也大为吃惊。也许对火星机甲巨人来说，这个巨兽说不定也是它们自己的一员呢。在巨舰驶过掀起的波浪中，汽船无助地颠簸着。“雷童”号并没有开炮，只是全速向火星人冲去。也许正因为它没有开炮，才能开到离火星人那么近的地方。火星人不知道它究竟是个什么东西。只要它开一炮，火星人立刻就会用热光把它击沉。

铁甲舰开得很快，不一会儿，它已经到了汽船和火星人之间的半道上——在艾塞克斯海广阔的海岸线上，成为一个不断缩小的黑色影子。

突然，最前面的火星人放低管子，朝铁甲舰射出一筒黑色的气体，打中了船左舷一侧，放出一团黑烟，然后向海上扩散，铺散成一股黑烟急流。铁甲舰迅速地从扩散的黑烟里冲了过去。对于汽船上那些目击者，因为在水面低处，加上阳光刺眼，所以看上去铁甲舰似乎已经开到了火星人中间。

他们看见几个火星机甲巨人分散开来，冒出水面朝岸边退去。其中一个举起了像照相机一样的热光发射器，倾斜着朝下瞄准，热光碰到的水面上升腾起大片蒸汽。热光一定是穿过铁甲舰的铁板，就像烧红的铁棍穿过一张纸那样容易。

从升起的蒸汽中蹿起一束火苗，只见火星机甲巨人摇晃了一下，不一会儿就倒了下去，在空中激起大量的水柱和蒸汽。“雷童”号的大炮接二连三地朝火星人射击，有一发炮弹落在汽船旁边，浪花四溅。然后炮弹飞到几艘向北方逃跑的船只中间，把一艘单桅船打成了碎片。

可是谁也不太留意这个。一见火星机甲巨人倒下去，船桥上的船长就欢呼起来，发出模糊不清的叫声，所有挤在船尾的乘客也跟着欢呼。之后欢声又起，因为在汹涌的波涛里，驶来一个又长又黑的东西，中间冒着火苗，通风口和烟囱也冒着火。乘客们又喊了起来。

“雷童”号还活着呢，它的舵还完好无损呢，引擎也正常工作。它径直朝第二个火星人冲去，一直到距火星人一百码的地方，热光才射了出来。随着一声巨响和一道耀眼的白光，它的甲板和烟囱就飞上了天。火星机甲巨人被爆炸震得摇摇晃晃。接着，它着火的残骸借着冲力继续向前冲去，一头撞在火星机甲巨人身上，把火星机甲巨人像纸板一样撞得稀巴烂。

“两个啦！”船长叫道。

每个人都在欢呼。从船头到船尾，整个汽船上的人都在发疯似的欢呼着。先是一个，紧接着所有拥挤出海的船上都传来欢乐的叫声。

这艘小船在水面上漂浮了好几分钟，挡住了第三个火星人和远方的海岸。趁此良机，汽船步步驶离港口，离那战场越来越远；当最后的混乱过去之后，空中又飘来了大片的黑色蒸汽，“雷童”和第三个火星人都看不见了。面向海的几艘铁甲舰靠得更近了，它们经过这艘汽船朝海岸驶去。

这艘小船继续在海上行驶，几艘铁甲舰慢慢地朝海岸退去，海岸仍然笼罩在一片混合的蒸汽里，一半是水汽，一半是黑烟，它们以奇怪的方式旋转着，混合成一体。逃跑的船只朝东北方向散开，几艘单桅船穿行在铁甲舰和蒸汽船之间。过了一会儿，在它们到达下降的黑烟之前，铁甲舰掉头向北，然后突然转过身来，在夜幕下驶进了东南方浓重的雾霭里。海岸线渐渐模糊，最后隐入落日低垂下的云团中，不见了。

忽然，落日的金色余晖中传来了大炮的隆隆声，一个黑色的影子在移动。人们纷纷拥到汽船栏杆旁边，朝西方耀眼的夕阳里望去，可是什么也看不太清楚。只有一团黑烟歪歪扭扭地升上天空，遮住了太阳。在人们的重重忧虑中，汽船突突地向前驶去。

太阳隐入灰色的云层，天空先是通红然后又暗了下去，晚上的星星微弱地闪亮着。当船长连指带画大叫起来的时候，已是深夜时分了。我弟弟竭力睁大眼睛，只见什么东西往灰色天空冲了上去——它斜着往上方冲去，迅速飞到西面天空的云层上，明亮又清晰；这个东西很大，又宽又扁，在空中画了一个大大的弧线，然后渐渐变小，缓缓降落，最后消失在神秘的灰色夜空里。当它飞离时，黑暗洒向大地。

第二部　火星人统治下的地球

第一章　在火星人脚下

在第一部里，我岔开了主题，给大家讲述了许多我弟弟的冒险经历。在前两章的事情发生期间，我一直和牧师藏在哈利伏特的空房子里，躲避黑烟。我就从这儿讲起。整个星期天晚上和第二天——大恐慌的那一天，我们都待在一个充满阳光的小岛上，黑烟把我们和外面的世界完全隔断了。在这烦躁不安的两天里，除了痛苦的等待，我们无事可做。

我非常担心我的妻子，想着她在莱泽尔黑德受惊的状态：恐惧、遇险，以为我已经死了而伤心不已。我在房间里踱来踱去，想到我们互相分开，和我不在她身边时可能会发生的事，禁不住大声哭了起来。我知道我的堂兄弟有足够的勇气应付紧急事件，但他不是那种能立刻意识到危险并迅速采取措施的人。现在更需要的不是勇敢，而是谨慎与明智。我唯一感到安慰的是，那些火星人正朝伦敦方向前进，离我妻子越来越远了。这种担忧让我的脑子充满了机警和痛楚。我对牧师不停的唠叨感到非常厌恶，他自暴自弃的态度也让我非常讨厌。我劝说了几次都没有用，于是离开他跑进一个小房间里——那显然是一间孩子的教室——里面放着地球仪、标本和习字本。当牧师跟进来，我跑上了房顶上的一间屋子，锁上门，好独自一人在痛苦中静思一会儿。

我们被黑烟围困了一整天又一上午。星期天的晚上，旁边的房子里好像有人——窗里露出一张脸和移动的灯光，随后又响起关门的声音。但我不知道他是谁，后来又怎么样了。第二天我们就见不到他的影子了。在整个星期一上午，黑烟朝小河方向飘来，离我们越来越近，最后，黑烟沿着小路蔓延到了我们藏身的房子旁边。

大约中午时分，一个火星机甲巨人穿过田野走过来。它喷出一股热蒸汽平息了那股黑烟。蒸汽喷在墙上发出嘶嘶的响声，击碎了窗玻璃，当牧师从前屋逃出来时，他的手也被烧伤了。最后，当我们爬出湿淋淋的房间，再朝外面看去的时候，我们只见北面的乡村就好像是刚经历了一场黑色暴风雪的袭击。顺河边望去，我们大吃一惊，发现一片莫名其妙的红色斑块同烧焦的黑色草地混合在一起。

在一段时间中，我们不再害怕黑烟了，但没有想到这种变化会对我们的处境产生什么影响，只是想不用害怕黑烟了。后来我才注意到我们不再被黑烟围困，可以继续上路了。一想到有了逃跑的出路，我又想采取行动了。可是牧师却没精打采，不愿听我讲的道理。

“我们在这儿很安全。”他重复着，“这儿比较安全。”

我决定离开他——早点离开他该多好！我从那个炮兵的教导中变得更聪明，去找了些吃的和喝的，找到一些油和破布条包扎了我烫伤的地方，还从一间卧室里找到一顶帽子，一件法兰绒衬衫。当牧师知道我打算独自行走时，他也立刻起身出发了。整个下午一切都很平静，据我的估计，我们大约在5点钟出发，沿着烧焦的道路朝桑伯瑞走去。

在桑伯瑞，沿途到处躺着姿势各异的死尸，既有人也有马，马车和行李全翻倒在地上，上面覆盖着厚厚的一层黑灰。这层煤灰似的灰尘让我想起了曾经读过的庞贝古城的毁灭惨状。我们顺利地到达了汉普顿宫殿，脑子里充满奇奇怪怪的念头，然而在汉普顿我们却很高兴地发现了一小片逃过黑烟破坏的绿色草地。我们穿过布西公园，看见一些小鹿在栗子树下走来走去，远处一些男男女女正匆匆忙忙地向汉普顿方向跑去，他们是我们看到的第一批人。就这样我们来到了特维克纳姆。

在马路对面的远处，海姆和彼德沙姆那边的树林还在燃烧着。特维克纳姆既没有受到热光的扫射，也未遭黑烟的伤害，这里到处都是人，可没有一个人能给我们提供消息。他们大部分跟我们差不多，趁着火星人进攻的间隙换个躲藏的地方。我感觉许多受惊吓的居民仍然藏着房子里头，他们害怕得甚至不敢逃出来。这里沿途都是居民仓皇出逃的迹象。我清清楚楚地记得路上堆着三辆压碎的自行车，被后来经过的马车碾进了土里。我们大约在晚上8点半的时候穿过了里士满桥。当我们穿过那座无遮挡的大桥时，当然是慌慌忙忙的。不过，我仍然注意到河上顺流漂浮的一些红色东西，有些足有几英尺那么宽。我不知道那些是什么——根本没时间去细看——我对它们的解释比实际情况还要可怕。靠近萨里的地方，又出现了一片黑烟留下的黑色尘土和死尸——它们全堆在火车站入口处旁边。但是，直到我们走近巴恩斯之前，我们没有看到一个火星人。

当我们靠近克尤时，突然跑过来几个人，而且，只见屋顶上隐隐约约出现了火星机甲巨人的上部分结构，离我们还不到一百码远。我们目瞪口呆地看着眼前的危险场面，如果火星人朝下看一看的话，我们马上就没命了。我们都吓得不敢前进，赶紧跑到路边，藏到一个花园的小棚屋里。牧师蹲在地上，缩成一团哭了起来，再也不敢动了。

但是，我早已决定去莱泽尔黑德，不愿坐以待毙。黄昏中我又冒险出发了。我走进一丛灌木里，沿着一座大宅旁边的小路来到了通往克尤的路上。我把牧师留在那间小房里，但不久他又匆匆地追上了我。

这第二次出行，可谓是我有生以来做的最愚蠢的事，因为火星人显然就在附近。当牧师刚追上我，我们就在克尤山庄方向的草地上看见了一个战斗机甲，我们不知道它是我们早先看见的那个，还是另外一个。四五个小小的身影在火星人前面的灰绿色草地上跑着，我们一会儿就明白了，这个火星人正在追赶着他们。火星人只迈了三步就赶上了他们，人们从火星人的脚下四处逃散。火星人并没有使用热光杀死他们，只是一个一个把他们抓了起来，很明显，火星人把他们都扔进了一个身后突出来的金属容器中，那个容器就好像是工人挎在肩上的篓子。

这时我才知道，火星人除了杀死人类，摧毁人类的意志以外，还有其他的目的。一时间，我们被吓得不知所措，愣着站了许久，然后就转身逃往身后的一道门，来到一个花园里。非常幸运，我们找到，还不如说是跌进一条沟里，然后就躺在了里面，大气都不敢出，一直等到星星出来。

我猜大概是将近晚上11点钟的时候，我们才壮着胆子再次出发，但再也不敢走大路，而是沿着灌木篱笆和树丛悄悄地行动，我们在黑夜里注意着火星人的行动，他走在右边，我们就走左边，火星人似乎无处不在。走到一个地方，我们无意中发现一块烧得焦黑的土地，现在已经渐渐冷却，上面盖满了灰土，凌乱地躺着几具尸体，他们的头和身体已经给烧成了非常可怕的样子，但腿和靴子基本完好无损。另外还有几匹死马倒在地上，离4门碎裂的大炮和毁坏的炮车约50码的距离。

希恩似乎幸免一难，但这里已经空无一人，一片荒凉。尽管夜色一片漆黑，连小街都看不清，但我们没有发现一个死人。这时，我的同伴突然抱怨浑身无力，口干舌燥，于是我们决定去一户人家找点东西吃。

我们进去的第一幢房子（尽管费了不少劲才打开窗户），是一幢半相连式的别墅，除了一些发霉的奶酪，我们没有找到什么吃的。不过我们在那里找到了可以喝的水，我还找到一把斧头，后来我们用它砸开了下一幢房子的大门。

我们后来经过了一个地方，大路从那里转向莫特莱克。这里的墙院内有一幢白房子，我们在房子里找到了许多食物。一个盘子里有两条面包、一块生牛排，还有半只火腿。我之所以详细地列出这些东西，是因为我们指望这些食物成为今后两周的口粮，能帮我们度过后面困难的两周。我们还在架子上发现了几瓶啤酒、两袋扁豆和一些莴苣。餐室和厨房连在一起，厨房里有些木柴，还有一个柜子，在里面我们找到了差不多一打红酒、罐头汤、鲑鱼罐头和两筒饼干。

在黑暗中我们坐在厨房里——我们不敢亮灯——一边吃着面包和火腿，一边分享一瓶酒。牧师仍然心惊胆战、惊惶失措，但奇怪的是，他主张继续前进。就在我劝他多吃点东西以增强体力时，一件突如其来的事情注定我们无法分离。

“还没到午夜呢。”我说。然后就出现了一道炫目的绿色闪光，把厨房里的东西照得一清二楚，有的是绿色的，有的是黑色的，然后又消失了。紧接着传来一声巨响，这响声我过去从来没有听过。紧接着这个刺耳的声音，我们身后响起了轰隆声，四周到处都是玻璃的破碎声和砖头碎裂的声音，天花板上的灰泥掉在我们身上，满头撒满渣屑。我被砸在地板上，撞到了炉柄上昏了过去。牧师告诉我，我好长时间不省人事。当我苏醒过来之后，我们又处在一片黑暗之中，牧师正用水轻轻地拍打着我。后来我发现他的额头受了伤，满脸是血。

我一时记不起发生了什么事，随后慢慢地恢复了知觉，我太阳穴上的一块瘀伤终于让我想起刚发生的事情。

“你感觉好些了吗？”牧师悄声问道。

我最后终于回答了一句，坐了起来。

“别动，”他说，“地板上到处都是打碎的盘子瓷片。你一动免不了发出响声，这会引起火星人的注意，他们就在外面。”

我们两人静静地坐着，几乎可以听见对方的呼吸声。四周一片寂静，不时有一块灰泥，或者是碎砖头块哗啦哗啦地滑落下来。在外面不远处，我们能听到一阵阵断断续续的金属咯嗒声。

“听！”响声又响起来的时候，牧师说。

“听见了，”我说，“但那是什么声音呢？”

“一个火星人！”牧师答道。

我又听了听。

“那不像是热光。”我说。听了一会儿，我想是那个战斗机甲被房子绊倒了，就像在雪培顿我看见一架机甲被教堂之巅绊倒了一样。

我们就这样处在一种怪异而又难以预测的环境中，三四个小时几乎一动不动，一直熬到黎明。这时阳光照射进来，不是透过窗子，因为窗户仍然是黑色的，而是从我们身后墙上的房梁和一堆破砖之间的一个孔隙射进来的。现在，我们第一次朦朦胧胧地看清厨房里面的状况。

窗户被花园里的一大块泥土打碎了，这块土又砸到了桌子上，我们当时坐在桌边，把腿架在上面。外面的土高高地堆在房子旁边。在窗框上面，我们看见了被拉断的排水管。地上撒满了金属碎片。靠近房间的厨房也陷了进去，早上的阳光从这个裂口照进来，显然大部分的房子已经倒塌了。同这片废墟形成强烈对比的是那个干干净净的柜子，它漆着流行的淡绿色，底下放着几件铜锡制的器皿，墙上贴着蓝白相间的仿瓷砖墙纸，还有厨房墙上飘荡着几片彩色装饰物。

天空渐渐明亮，我们透过墙上的缺口看见一个火星机甲巨人，我想它是站在那个发光的圆筒上放哨吧。看到这个情景，我们小心翼翼地从半亮的厨房爬进了黑暗的食品储藏室。

忽然我对发生的事情找到了正确的答案。

“第五个圆筒，”我小声说，“从火星发射的第五个圆筒，落在这座房子上，把我们埋在了废墟中。”

牧师沉默了一会儿，然后小声说：“上帝保佑我们！”

不久我听见他嘟哝着。

除了火星人的声音，我们静悄悄地待在储藏室里，我几乎不敢呼吸，眼睛紧紧盯着厨房门那边的微弱亮光。我正好能看见牧师黯淡无光、椭圆形的脸，还有他的领子和袖子。这时外面响起了一阵金属的锤击声，随后是一声尖叫声，又过了好长一会儿，又发出了像引擎一样的咝咝声。这些声音令人费解，断断续续地响着，次数越来越多。后来这声音变成一种有规律的轰响和颤抖，使我们周围的一切都抖动了起来，餐室里的器皿也跟着叮当作响。光线暗了一下，厨房的门廊里变得一片漆黑，十分可怕，我们就这么一动不动，静静地蹲了好几个小时，浑身直打战，直到我们筋疲力尽……

最后，我不知不觉地醒了过来，感到十分饥饿。我想我们一定是睡了大半天。我饥肠辘辘，不得不起身行动。我告诉牧师我想去找些吃的，然后就朝餐室里摸去。牧师没有答话，但当我吃东西发出微弱的响声时，他立即闻声而动，从我后边爬了过来。

第二章　废墟所见

吃完东西以后，我们又爬回到储藏室，在那儿，我一定又睡了会儿，因为不久后，当环顾四周，就我独自一人待在那里。那轰响声仍然在继续响着，使人心烦意乱。我轻轻地叫了牧师几声，最后摸索着走到厨房的门边。天还亮着，我看见他穿过房间，靠在那个三角形的孔隙处望着外面的火星人。他弓着肩膀，我难以看清他的头。

我听见一连串从机房里发出来的那种声音，房子也随着轰鸣声抖动着。我透过墙上的孔隙，看见了被阳光染成了金黄色的树梢和傍晚宁静而温馨的蓝色夜空。我看了牧师一会儿，然后猫着腰，踩在布满碎瓷片的地上，蹑手蹑脚地继续前行。

不小心我碰到了牧师的腿，将他吓一大跳，惊得一大团灰泥滑落下来，掉在地上发出巨大的响声。我立即抓住他的手，生怕他叫出声来，好长一段时间我们一直蹲着纹丝不动，然后我转头去看我们的隐蔽处是否完好。落下的墙灰在断墙上形成了一道垂直的长条开口，我小心地站起身，跨过一根房梁，这样就能从这个孔隙处看到外面的情况，昨天晚上那里还有一条安静的乡村道路，而现在变得一片凌乱。

第五个圆筒一定是落在我们第一次进入的房子的正中间。现在那座房子消失了，它被摧毁成碎片，四处飞散。圆筒现在躺在原房屋的地基下面——深深地埋进一个洞里，它比我在沃金看到的那个深坑还大得多。这个圆筒的巨大撞击力将房屋周围的泥土冲得四处飞溅——“飞溅”是最恰当的词——这些泥土堆成一个土堆，把邻近大部分的房屋给掩埋了。这就好比一把铁锤猛地砸向一堆泥浆一样。我们的房子已朝后面倒塌了，房子的前半部分连底层都给彻底摧毁了，较幸运的是，房子的厨房和储藏室免遭这样的厄运，只是被半埋在泥土和废墟中。除了朝向圆筒的那一面，房子的四周都被大堆的泥土包围着。我们正处在大圆土坑的外围，火星人正在坑里忙碌着。我们身后传来沉重的锤击声，一阵阵明亮的绿色蒸汽，像一道帷幔似的慢慢升起，不时地飘进我们观望的缺口。

土坑当中的圆筒已经打开了，在大坑的另一边，呈现在一片被毁坏的堆满沙砾的灌木丛中间，一个战斗机甲笔直地、高高地站在夜空之下，其他的火星人已经离开它。一开始，我几乎没注意到那个大坑和圆筒，虽然很容易描述它们。这是因为，我当时看见了一种非同寻常的闪着光的机械装置，正忙着挖掘，还有大坑旁边土堆上一个奇怪的动物正笨拙地缓缓爬着。

那个机械装置首先引起了我的注意。那是我们后来称之为修理机的复杂机械之一，通过对它的研究，我们改进了我们自己的机械设计。我刚刚看到它的时候，它就像是一种金属蜘蛛，长着五条关节灵巧的腿，浑身上下有无数带关节的杆和短棒，还有许多触手在四周不停地伸缩、抓握着。它的大部分触手都可自由伸缩，但是，只用三只触手它就能从外壳上掏出许多测杆、金属盘以及棒状物，显然用这些能加强圆筒的筒壁。这些东西给取出来以后，修理机就把它们举起来，放在身后面的平地上。

修理机的动作非常敏捷而复杂，几乎完美无缺，尽管它身上有着金属的闪光，我一开始竟没有把它当作一架机器。这种机器的动作十分协调，极富生气，正是出类拔萃、无与伦比。那些从未见过这种机器的人，他们要么只看过画家凭想象画的图画，要么只从像我这样的目击者口中听到过对这种机器不完整的描述，因此难以体会这种机器的生龙活虎气质。

我仍然记得一本小册子中的插图，这是最早描写这场战争的许多小册子之中的一本。画家显然只对一种战斗机甲做了很粗浅的研究，将它们画成一个倾斜的僵硬三脚架，既不灵活又不敏捷，只能做相同的动作。这本小册子曾经风行一时，我之所以在这里提到这本小册子，只是想提醒一下读者勿受这类图画的影响。这些插图根本不像我所见到的活生生的火星人，正如蜡像和真人比较一样。依我看来，这本小册子要是没有这些插图会更受读者喜爱。

我说过，一开始我并没有把那个修理机当作是机器，只当是一个表面发光的类似螃蟹的生物。火星人用灵巧的触手控制着它的行动。表面上看去火星人简直就是螃蟹的蟹壳部分。后来当我察觉到那灰褐色、闪着光泽的“蟹壳”同远处爬行的物体十分相似，就渐渐明白了这架灵敏机器的真正性能。一旦认识了这些，我的兴趣就开始转到那些真正的生物——火星人的身上了。由于我对火星人已经有了一些模糊的印象，所以先前那种不悦的厌恶感并没有影响我对他们的观察。而且，我潜伏在这个地方一动不动，并不急于采取行动。

现在我明白了，这些火星人是人类所能想象出的最不像地球生物的动物、最怪异的动物。他们的身体——或者说那是脑袋——是巨大的圆形，直径大约有四英尺，每个身躯的前面都有一张脸，脸上没有鼻孔——真的，火星人似乎没有任何嗅觉，但他有一双大大的黑洞洞的眼睛，眼睛下面是一个突出的肉乎乎的鼻子似的东西。在他的身体或者脑袋的后面——我不知道怎么称呼它——有一片很紧的鼓膜，后来我们通过解剖发现是他的耳朵，它在我们稠密的大气中几乎是起不了任何作用的。在嘴巴的周围有十六根细细的像鞭子一样的触须，在嘴的两边分成两束，每束各有八根。后来一位著名的解剖学家豪维斯教授把这些触须命名为“手”。我第一次看见这些火星人的时候，就见他们好像在使劲用这些“手”爬出大坑。但是，由于受地球重力增加的影响，他们当然不能爬出。我们有理由相信，这些触须在火星上一定是灵活自如的，并能自由行走。

在这里，我想说说火星人身体内部的情况，通过后来的解剖结果显示，他们的身体内部也很简单。最大的组织部分是大脑，它发出无数条神经，这些神经与眼睛、耳朵和有触觉的触须连在一起。除此之外，他们还有直接通向嘴巴的硕大的肺、心脏和血管。浓厚的大气和较大的地心引力使他们的肺部感到紧张和难受，这从他们皮肤上的痉挛动作可以看出来。

以上就是火星人的全部器官。不论怎样，让我们人类感到不可思议的是，火星人全然没有消化器官，而这些器官在我们身上是占了很大部分的。他们就只是一个脑袋，没有内脏。他们不用吃东西，更不用谈消化了。不过，他们会吸取其他动物的新鲜血液，将这些血液注入他们的血管里面。我曾经亲眼看见他们干这种事。这一点，我会从火星人的角度来谈论。但是，尽管我可能有些神经质，我还是不能描述那不堪入目的感觉。只能这么说吧，他们用很小的注射器，把从活着的动物，大部分是活人身上抽得的血，注射进自己的血管……

这种事情，毫无疑问，对于我们人类来说，光是想一想就会令人感到极其厌恶，但是，我们也该想想，自己的食肉习惯对兔子来说是多么可憎啊。

如果我们想想人类在吃东西和消化上浪费的许多时间和精力，那么，火星人的这种注射行为对体力上的好处显然是毋庸置疑的。我们身体的一半是由各种腺体、管道和器官构成，它们将各类食品转化成血液。消化的过程以及这些过程对神经系统产生的反作用，消耗了我们的体力，影响了我们的心情。人们会因为肝脏或胃腺是否健康而感到高兴或者忧愁，而火星人的心情和情绪，完全不会受到这些器官好坏的影响。

火星人喜欢将人作为他们的主要营养来源，这种偏好可从火星人从他们的星球上带来的动物食物上得到认识。从后来落入人类手中的这些动物骨骸来看，它们是两足动物，有着脆弱的、海绵状的骨骼（几乎像硅酸海绵一样），大约六英尺高，长着一个圆圆的、直立的头，一双大眼睛镶嵌在硬眼眶里。看来每个圆筒都载有两到三个这样的动物，而且全在到达地球之前被杀死了。即便不这样，它们的结果也是一样的，因为它们只要试图在我们星球上站立起来，就会折断每一根骨头。

在给大家描述这些情况的时候，我想再加入一些开始我们并没有注意的细节，因为这能帮助那些不太熟悉火星人的读者，对这些危险的动物在心目中有一个更清晰的印象。

在生理上，火星人有三点与我们不同的奇怪特点。他们的身体从来不休息，就像我们的心脏从来不休息一样。由于他们不需要恢复肌肉组织的力量，就完全不知道睡眠这样的间断性休息，他们很少有或者根本没有疲倦感。在地球上，火星人要是没有足够的力气，他们的行动就会极其艰难，但他们能一直保持着活动的状态。他们24小时日夜工作，就像我们地球上的蚂蚁那样。

其次，在两性世界里，火星人也似乎令人称奇，他们是完全没有两性分别的，更没有像人类因两性差别引起的复杂情感变化。经证实，在战争期间的确有一个小火星人降落在地球上，当人们发现他时，他附在母体上，有一部分发了芽，就像是小百合花球茎上的花芽，或者像珊瑚虫在清水中繁殖幼虫一样。

在人类以及地球上的其他高等动物中，这种繁殖方式已经不复存在，即使在地球上，这无疑也是一种非常原始的方法。在低等动物中，甚至是类脊椎动物的第一代同辈——被囊动物中，有性繁殖与无性繁殖是并存的，但最终有性繁殖方式完全取代了它的竞争者。然而在火星上，情况正好相反。

值得一提的是，早在火星人进攻之前，就有一个科幻推理作家预言，人类最终的结构会变得跟火星人一样，但实际并不这样。我记得，他的预言刊登在1893年11月或12月号的《朴尔莫儿》杂志上，这本刊物早已停刊了。我还记得，在火星人入侵之前，一家名为《笨拙》的杂志上登过一幅火星人的漫画。这个作者用愉快而滑稽的口吻指出——机械装置的完善最终可能替代人类的四肢，化学装置的完善将会取代消化过程，像头发、鼻子、牙齿、耳朵和下巴这类器官将不再是人体不可或缺的部分，而自然选择会让它们随着时间而逐渐消亡，唯有大脑才会作为有用的器官保存下来。此外在身体的其他部分上，只有另一处还有保留的价值，那就是手，它是“大脑的导师和代理人”。当身体的其他部分退化时，手将会变得更大。

这篇文章里包含着许多真理，都是用俏皮的口吻写出来的，在火星人的身上，无疑凸现了用理智代替动物器官已经得到了实现。我十分相信火星人可能跟我们是从同样的祖先进化来的，大脑和手的进化（火星人的手最终发展成了两束触手）造成了其他器官的退化。没有了身体，人脑当然就变成一个自私的理智器官，而没有了人的感情因素。

火星人和人类的最后一个不同点在他们的生物体系与我们人类截然不同。最初我们还认为这一点微不足道。在地球上引起那么多疾病和痛苦的微生物，在火星上从未出现过，或者是很早以前就被火星人的卫生科学彻底消灭了。几百种疾病，伤寒和致命的传染病，像肺结核、癌症、肿瘤和其他病症，从来都没有影响他们的日常生活。谈到火星人和地球人生命之间的区别，我在这里就要提到那种奇怪的红草。

很显然，在火星上的植物王国里，植物就像血一样鲜红，而不像地球上的常见绿色。至少，火星人带来的那些种子（无论有意无意）在地球上长出来的全是红色的植物，但是，唯有那种通常被称为红草的植物在适应地球的生存竞争中存活了下来。红草的生长期很短，很少有人看见它生长。然而，在有一段时间里，红草的生长快得惊人，而且覆盖了许多的地方。在我们被困在房子里的三四天时间里，红草就覆盖了坑的边缘，它那仙人掌似的枝条在我们三角形窗子的边框上镶上了一条深红色的边缘。后来我发现它长遍了整个田野，尤其是在小溪水边。

火星人似乎长着一个耳朵，那是在脑袋后头的一圆形鼓膜，他们眼睛的视力跟我们大致相当。只有一点不同，按照菲力普斯的说法，他们把蓝色和紫色看成是黑色。一般认为，火星人用声音和触手的手势交流信息。例如，一本我在前面提到过的小册子就是这么断言的。那本小册子写得很精彩，但编得草率（显然作者没有亲眼见过火星人的行动）。而且，这本小册子还是有关火星人的主要知识来源。现在，活下来的人中，没有一个像我这样看到过火星人的那么多活动。我并非自吹自擂，而是事实确实如此。可以肯定地说，我自己一直在密切地注视火星人。我看见四个、五个，有一次六个火星人缓慢地共同执行着相当复杂的工作，既无声音，也无手势。他们注射血液时总是发出一种奇怪的叫声，这种声音没有音调的变化，在我看来，就像是在注射前舒一口气罢了。我自认为有些心理学的基础知识——我非常有把握地相信，就像我相信其他的事情一样——火星人可以不通过说话这种方式交换思想。尽管我曾对此颇有成见，但仍深信不疑。或许有些读者大概记得，在火星人入侵之前，我曾经写过一些文章，对心灵感应做过相当激烈的批驳。

火星人不穿衣服，他们对于装饰和礼节的概念与我们不同。他们不像我们对温度的变化那样敏感，而压力的变化似乎根本未影响他们的健康。虽然他们不穿衣服，但身上仍然佩带一些人造物品，这使他们比我们人类更为优越。我们拥有自行车、溜冰鞋、利林塔尔滑翔机、枪炮和棍棒诸如此类的东西，但是，我们仅仅处在火星人所完成的演化进程的初始阶段中。他们实际上变得只有一个大脑，再根据自身的需要配上不同的外表，就像人穿上西装，或是遇上急事骑自行车，或是遇上下雨打伞一样。

至于他们的各种装置，最令人不可思议的是这样的怪事：它们缺乏所有人类机械发明的主要特征——没有轮子。他们带到地球上的所有东西都找不到使用轮子的一点痕迹。说不定人们猜想至少他们在行进中要使用轮子吧。从这一点上来看，非常奇怪，他们似乎从未产生轮子的概念，而是发展出了其他的替代方式。火星人不仅不知道轮子是啥（真是难以置信）——或者不愿意使用轮子——而且他们的机械装置里不使用固定的和半固定的轴心，因为圆周运动会把它们限定在一个平面里。几乎所有的机械连接点，都有一个滑动部件组成的复杂系统，这些部件在一些小巧而精美的曲线滑动轴承上面活动。有关这些方面的细节，值得注意的是，那些机器的长杠杆，大部分是由像肌肉组织一样的圆盘连接起来的，这些圆盘的外面有一层弹性外壳。当电流通过时，这些圆盘就被极化，并且紧紧地绷在一起。用这样的方式，这些机械获得了和动物一样灵活的运动方式，这使看到它们的人既兴奋又不安。在螃蟹似的修理机里就有许多这样类似肌肉的组织，我第一次从裂口向外观望时，就看到了那只“螃蟹”正在打开那个圆筒，它似乎比那个躺在落日余晖中的真正火星人更有活力。那些火星人在穿越太空的旅程之后，在夕阳下喘着粗气，摆动着不怎么灵活的触须，有气无力地爬动着。

正当我目不转睛地看着火星人在阳光下笨拙的动作，注意着他们外形的每一个细节时，牧师突然使劲拉了一下我的手臂，提醒我他就在我旁边。我转过头，只见他满面忧郁，一声不吭，双唇的表情显得意味深长。他想从裂缝口张望一下，但那儿只能容下一个人偷看。因此，我不得不放弃一会儿，让牧师享用一下。

等我再去看时，只见那台忙碌的修理机已将几件从圆筒里取出来的东西拼到了一起，组成一个外形明显和它自己一模一样的东西。在左下方，我看见一台小小的挖掘机在大坑周围不停地工作着，一边放出一股股绿色的蒸汽，一边在大坑的边上工作着。挖掘机有条不紊地把土挖出来，然后轧平，筑好土。那种有规律的锤击声就是从这里传出来的，这种有节奏的震动声使我们藏身的房子也抖动起来。而且，它一面挖土，一面喷着烟，发出哨声。就我所见，这个机器根本没有火星人在指挥它。

第三章 被困

第二个战斗机甲的到来，迫使我们从窥视孔那儿退到了储藏室，因为担心不断升高的火星机甲巨人能从屏障高处看到我们。在后来几天的日子里，危险似乎少了一些，因为在刺眼的阳光下，从外边看我们的隐蔽处一定是一片漆黑，一旦有火星人靠近的动向，我们就立即心惊肉跳地撤回储藏室里去。尽管处境危险，但我们两个人都无法抵御这个诱惑，仍要偷偷地向外观望。现在回想起那处境，还真不可思议。我们当时忍饥挨饿，面临死亡的威胁，竟然会为了争到那个可怕的窥视孔而激烈地争吵，甚至大打出手。我们就这样在厨房里相互追逐，拳打脚踢，时而又怕弄出响声。

事实上，我们两人的脾气和思想行为习惯完全不同，眼前的危险和与世隔绝的处境更是加重了彼此的不和谐。在哈利伏特的时候，我就开始对牧师那种徒劳呼叫的把戏和愚蠢固执的想法感到厌恶。他那无休止的自言自语使我根本没法想出任何的行动方案来，而且，这种行为越来越让人难以忍受，我简直快要给他逼疯了。他像一个愚蠢的女人一样缺乏自制力，能连续不停地哭上几个小时，我深信这个被宠坏的家伙还以为他的泪水真有灵丹妙药的作用。我只得坐在黑暗里，因为他老是纠缠不休，我根本无法摆脱。他吃得比我还多，我枉费心机地想让他明白，我们逃生的唯一希望是待在房子里，等着火星人忙完那个土坑里的活。而在这漫长的等待当中，我们肯定会需要食物。可是牧师却不能控制自己，隔不多久就肆无忌惮地大吃大喝，很少休息过。

随着一天一天过去，牧师那种不顾我们安危的做法极大地加深了我和他之间的矛盾，我们的处境变得更加困难和危险，我虽然很不愿意这么做，但不得不开始对他采取威胁的手段，甚至到了最后还动手打了他，然后他就清醒了一段时间。可是，他生性脆弱，没有自尊心，只有一个胆小、贫弱而又可恶的灵魂。牧师诡计多端，他既不敢面对上帝，也不敢面对别人，甚至对自己都要撒谎。

回忆并写下这些见闻，确实不令人愉快，但是我这么做只是想让我的故事完整一些。生活中从没有经历黑暗和恐惧历程的人，一定会责备我对我们这个悲剧故事充满残忍、暴虐和愤怒的描写，因为他们知道明辨是非，但是却不知道饱受折磨的人是什么事都做得出来的。但是那些曾经生活在阴影底下，为生存需求而饱尝了千辛万苦的人，将会更容易理解我的心情。

当我们在黑暗的屋中低声争吵、争抢食物和相互扭打时，在屋外炎热的六月阳光下，则呈现另一番奇怪景象：火星人在大坑里进行着一些新奇的工作。让我再讲讲自己当初的奇特经历吧。过了很久，我壮起胆子回到那个窥视孔边，竟发现三架战斗机甲已加入了新来的火星人。这些战斗机甲带来了一些新的装置，整整齐齐地排列在圆筒的外面。第二台修理机已经组装完成，正在战斗机甲带来的一个新装置的旁边忙来忙去。这个新装置的体形看上去就像一个牛奶壶，上面有一个梨形容器，在振动着，从容器里流出一些白粉，流入底下一个圆形的盆子里。

这种振动是由那个修理机的触手引起的。修理机正在用两只抹刀样的手挖出黏土，再将大团泥土猛地投进上面的梨形容器中。同时，另一只手臂定时地打开一扇门，从机器的中部挖出一些锈色的黑渣块来。另一只像钢一样硬的触手，将那些粉末从盆子中沿着一条有棱纹的槽沟引向其他的接收器中，这个接收器我看不见，被蓝色的灰堆挡住了。一缕细细的绿烟从这个看不见的接收容器中袅袅升向静谧的空中。我看见那个修理机发出一声微弱而又悦耳的叮当声，它的触手自由伸展着。那只触手刚才还只是一点钝突突的东西，此刻它的末端竟伸展到黏土堆后面看不见了。一瞬间，我看见它举起了一根白色的铝条，铝条闪闪发亮，光泽犹存。它将铝条放在坑边堆得越来越高的铝条堆上。在太阳落山与星星出现那段时间里，这个灵巧的机器一定用天然的黏土做了一百多条这样的铝条，蓝色的灰土一直堆到了大坑的边缘。

这架动作灵活、结构复杂的机器和那些行动笨拙、气喘吁吁的火星人形成强烈对比，以至于我不得不时常提醒自己，那些火星人才是真正有生命的生物。

当第一批人被带到大坑的时候，牧师正在墙裂口边观察。我坐在下边，弓着腰，专心地听着。突然他朝后一退，我生怕被火星人发现，吓得缩成一团。牧师在黑暗中顺着垃圾堆爬下来，摸到我的身边，一边含糊不清地说着什么，一边打着手势。见他那副被吓坏的模样，我也有那么一会儿显得惊慌失措。他的手势是叫我到裂口处看一看，过了一会儿，好奇心使我勇气倍增，于是我站起身，从牧师的身上跨过去，爬到了裂口的边上。起先，我看不出什么东西会让牧师那么恐惧，这时已经是黄昏时分，星光微暗，可是土坑却被制造铝条时闪耀的绿色光照得明亮。整个画面看上去是绿色闪光同变化的锈黑色阴影交替闪烁，令人眼花缭乱。蝙蝠飞在这幅画面的后面，根本没注意所发生的事情。火星人已经看不见了，他们被升起的蓝绿色的灰土遮住了。而一架战斗机甲则把腿缩短了，蹲在坑的旁边。后来，从机器的轰响声中，隐约飘来一丝人的声音，我起初还以为是听错了。

我蹲在地上，仔细地观察着那架战斗机甲，头一次发现了那个头罩下确实有一个火星人。当绿焰升起时，我看见了他的油光发亮的外皮和闪亮的眼睛。突然我听见一声喊叫，看到一个长长的触手越过机器上部，伸向了安放在后背的一个笼子。随后一个什么东西——一个拼命挣扎着的什么东西被高高举起，升向高空。在星光下，只见黑乎乎的一团悬浮空中，当其降下时，我借着明亮的绿光看清楚了，那是一个体态粗短、健康的中年人，他的穿着很讲究。三天以前，他一定还是个相当有地位的人。我能看见他那双直勾勾的大眼睛，以及他那些纽扣和表链的闪光。他在土堆后面消失了，一切又安静了下来。然后就传来了一声凄厉的叫喊声和火星人的欢呼声。

我顺着垃圾堆滑下来，挣扎着站起身子，用双手捂住耳朵，向储藏室跑去。牧师静静地蹲在地上，用双手抱着头，看见我从他身旁跑过的时候，他抬头一边大声地责骂着我抛弃了他，一边紧紧地跟了过来。

那天晚上，我们就藏在储藏室里，时而感到惊恐不安，时而又想着我们在孔隙口处所看到的景象，虽然我急于采取行动，但还是想不出一个逃跑的方案；可是第二天，我头脑清醒，开始考虑我们的处境了。至于牧师，我发现根本无法和他沟通，他已被我们不断恶化的状况吓得惊慌失措，已经完全丧失了明辨事理的能力，也不知道如何打算将来了。事实上，他已经沦落到一只动物的水平。但是，就像俗话所说的：牢牢地把握自己。我越来越清醒地认识到，一旦我能面对现实，那么，尽管我们身处险境，也还没有理由彻底绝望。我们最大的逃生机会就是火星人只把大坑当作临时驻地，即便他们把它当作永久性的驻地也无妨，因为火星人认为没有必要看守这个土坑。这样，我们就会有机会逃跑的。我甚至还仔细地考虑过朝大坑的反方向挖一个地道的可能性，但是这样的话，我们就极有可能在出口处遇到一个站岗的火星人。而且，我只能自己来挖地道，牧师肯定什么也干不了。

如果我没有记错的话，我看见的那个男人是在第三天被杀死的。那是我唯一一次亲眼看到火星人进食。想到那个惨状，我后来有大半天的时间都不想到墙上的裂口处去偷看了。我走进储藏室，移开门就操起斧头挖土，我干了几个小时，尽量避免发出任何的声响来。可是当我在地上才挖了一个大约两英尺深的洞时，挖松的泥土轰的一声崩塌下来，我就再也不敢继续挖下去。我失去了信心，在储藏室的地板上躺了很久，甚至连挪动一下的气力都没有。从此以后，我就彻底放弃了那个挖地道逃跑的念头。

有关火星人留给我的印象，我已说了很多。一开始，我就没指望能有任何人来帮我们逃走。但是到了第四天或者第五天的晚上，我听见了仿佛是大炮的声音。

那时已经是深夜了，天空一轮明月。火星人已经撤走了挖土机，除了土坑边的一架战斗机甲，还有一台紧挨在墙裂口下的角落的修理机，这个地方已经被火星人放弃了。现在漆黑的土坑上只留下修理机和铝条的淡白色的闪光，还有月亮投下一块一块的亮光。修理机的轧轧声冲破了寂静。夜空明月高挂，景色极美。我听见一声狗叫，这个熟悉的声音使我倾耳静听。后来我隐隐约约地听见了隆隆的炮声。我一共数出有六声，间隔了很长的时间以后，又是六声。这就是我听到的一切了。

第四章 牧师之死

在我们被围困的第六天，我最后一次从窥视孔向外观望，竟发现只剩自己一个人。这次牧师不再紧紧地跟着我，也不再与我争抢那个窥视孔，他已回到了储藏室。我突然明白了。我急忙轻轻地走进储藏室。在黑暗中，我听见牧师在喝东西的声音。我摸黑一把抓去，手指碰到了一瓶葡萄酒。

为此，我们争打了好几分钟。酒瓶掉在地上打碎了。我放开手，直起身子。我们气呼呼地站着，互相威胁着对方。最后，我站在他和食物之间，告诉他我决心制定一个规矩。我把储藏室里的食品按维持两人十天的分量分好。那一天，我就不允许他再多吃任何东西。那天下午，他试着想吃些东西，我当时正在打盹，听见他的声音以后立即就清醒了。就这样我们整整一个白天和整整一个晚上都面对面坐着，我尽管疲劳，但却坚定不移；而牧师却一边哭，一边抱怨着自己的饥饿。我知道，那只不过是一个白天和一个晚上的时间，但我现在却觉得那是一段很长很长的时间。

就这样，我们日益加深的不和谐导致了公开的冲突。在那漫长的时间里，我们低声争吵着、打斗着。好几次我发疯似的打他、踢他，偶尔又哄他、劝他，甚至有一次我还用最后一瓶勃艮第酒贿赂他，因为我可以从一个雨水泵那里弄到水。可是文的武的对他都不生效，他根本就不明事理。他老是忍不住想吃东西，还不停地自言自语。我对我们受到的困境所采取的一些基本措施，他根本不能理解。慢慢地我意识到，他已经完全失去了理智，我终于觉察到，在这种禁闭而令人讨厌的黑暗中，我唯一的伙伴不过是个疯子。

对于那些模糊的记忆，有时我总是想不起来。那时我一睡觉就会做些稀奇古怪的噩梦。虽然听起来有点荒谬，但我认为正是牧师的懦弱和疯狂让我提高了警惕，打起精神，并使我保持清醒的头脑。

到了第八天，他停止了小声嘀咕，开始大声说话了。我没有办法让他把声音降小些。

“噢，上帝！这是公正的！”他一遍一遍地说，“这是公正的。让我们都受到惩罚吧。我们都犯了罪，我们堕落了。到处都是贫穷、苦难。穷人们被踩在尘土下，而我却置之不理。我的祷告都是荒谬的道理——我的上帝，多么的荒谬啊！——我应该挺身而出，就是死也在所不惜，让人们忏悔，忏悔！——压迫穷人及贫苦者的人们啊！……上帝的榨酒机啊！”

随后他突然想到我不给他吃东西，一面祷告，一面哭哭啼啼，最后又变成了威胁。他开始提高声音——我求他别这样。他一下捏住了我——并威胁着说，他要大声呼叫，把火星人招来抓我们。一时间我真的被吓住了。但是，任何一种让步都只会减少我们那难以预料的逃生机会。不管怎样，我还是跟他争执起来，尽管我不知道他会不会真的照他说的去做，但至少那一天他没那么做。在第八天和第九天的大部分时间里，他说话的声音越来越响——语气又是威胁，又是恳求，又是忏悔，又是胡话不断，这些反倒让我可怜起他来。他会睡一会儿，然后又恢复了精神，故技重施。他说话的声音太响，我不得不制止他。

“安静点儿！”我要求道。

在黑暗里他跪了下来，他原来一直坐在铜器旁边的。

“我已经安静得太久了。”他说道，这个说话的声音肯定能传到土坑那边，“而现在，我必须亲眼看到。愿灾难降临到这座失去了信念的城市！灾难！灾难！灾难！灾难！灾难！让全世界的人都受苦受难吧！因为那种喇叭已经奏响……”

“闭嘴！”我起身说道，因为我怕火星人听到我们的声音，“看在上帝的分上……”

“不，”牧师声嘶力竭地大叫着，站起身，伸出双臂，“听着，我在传达上帝的话！”

他三步并作两步跑到了厨房的门前。

“我要亲眼看见！我走啦！我已经耽搁得太久啦。”

我伸出手，摸到了挂在墙上的切肉刀，立即追了上去。我心中既感到害怕又怒不可遏，气势汹汹地在厨房中间赶上了他。在最后一刻我发了慈悲，将刀刃转向后面，用刀柄砸在他的头上，他一头栽倒在地。我被他绊了一跤，气喘吁吁地站了起来。牧师则躺在那儿一动不动。

忽然间，我听见了外面有声音，那是泥灰滑落崩塌的声音。这时，墙上那个三角形的孔隙也变暗了。我抬起头，看见了修理机的腹部正慢慢地从孔前滑过。它的一只触手弯曲着，伸进了废墟；另一只触手正摸索着掉落在地上的房梁。我目瞪口呆地站着。随后我透过机器身体边缘上的一个玻璃窗，看见一个火星人大大的黑眼睛，正四处张望着。后来就有一根长长的金属触手穿过墙孔隙，慢慢地伸进来。

我猛地转过身，被牧师绊了一下，走到储藏室的门口停下来。现在触手已经伸进了房间一两码，正翻来扭去地转动着向各处探寻。一时间，我被吓蒙了，呆呆地看着触手慢慢地抽动着伸进来。那时，我沙哑着嗓子，轻轻地叫了一声，朝着储藏室退去。我浑身发抖，几乎不能站直。我打开了煤窖的门，站在黑暗中，目光紧紧盯着通向厨房的门廊，门廊里光线很暗，我仔仔细细地听着。火星人看见我了吗？他在干什么呢？

在那里，有什么东西正悄悄地前后移动着，它时不时地碰在墙上，发出微弱的金属振动声，或者在轻轻的叮当声中挪步前进，就像是钥匙在钥匙环上滑动的声音。然后一个沉重的躯体——我当然知道那是什么东西——正从厨房的地上被拖向屋外。我抗拒不了好奇心，迅速爬向门边往厨房里张望着。透过那个三角形的窟窿照进来的阳光，我看见了一个火星人，他坐在修理机里打量着牧师的脑袋。我立即想到，从牧师头上的那块击伤，火星人可能会推测出我就在附近。

我又爬回了煤窖，关上门，尽量把自己藏在木柴和煤堆里，并且避免弄出声音。我时不时地竖起耳朵，听听火星人是不是又把触手伸进来了。

随后，又响起那轻微的金属叮当声。我寻找着，发现它在慢慢地摸索着越过厨房。后来声音更近了，我猜触手已经进了储藏室。我想触手的长度可能够不到我了，便虔诚地祈祷着。触手轻轻地从煤窖的门上擦了过去。又过了似乎好久，我听见它摸到了门闩！火星人知道怎么开门啦！

我时时刻刻担心被火星人抓住，突然，门开了。

黑暗中，我正好能看见那个东西——它更像一只大象的鼻子——冲我摇摆着，一边摸索着，一边检查着墙壁、煤堆、木柴和天花板。它就像一条黑色的虫子，不停地前后摇晃着无眼的头。

甚至有一次，它竟碰到了我靴子的后跟，我差点尖叫起来，赶紧咬住自己的手。过了一会儿，那只触手就停止了移动。我猜想它退出房间了。突然我听见咔嚓一声，它抓住了什么东西——我以为它抓住了我！——然后它又好像从煤窖里出去了。我疑惑了一分钟。显然它拿走了一块煤去检验了。

我趁此机会稍稍移动了一下位置，因为我藏身的地方太窄，蹲着极不舒服。又听了一会儿，我充满激情而又轻轻地为自己的平安祈祷着。

接着，我又听见了那个触手缓缓而镇定的声音朝我这边传来。它慢慢地越爬越近，一边刮擦着墙壁，一边拍打着家具。

当我正犹疑不定的时候，它不停地拍打着煤窖里的门，然后又关上了门。我听见它进了餐室，只听见饼干桶哗啦哗啦的响声，及落地打碎的酒瓶声。接着从煤窖的门上传来了一声沉重的声音，然后就是无尽的寂静。

火星人走了吗?

最后，我确信它离开了。

火星人再也没有来过储藏室，但是，第十天我在黑暗里躺了整整一天，躲在木柴和煤堆中间。我甚至不敢爬出去喝水。直到第十一天，我才敢从藏身的地方走出来。

第五章 掠后寂静

我走进餐室的第一件事就是闩紧厨房和储藏室之间的门。但是餐室里的食物早已空空，连残渣剩屑都没有了。显然，火星人已经在前一天就把这里洗劫一空了。看到这些，我第一次感到了绝望。在第十一和第十二天里，我既无喝的，更没吃的。

一开始，我就感到口干舌燥，体力明显下降。我坐在漆黑的储藏室里，感到十分沮丧，而且老想着吃东西。我觉得自己都成聋子了，因为我已听惯了的大坑里的响动声，现在，我完全听不到了。我觉得自己没有力气悄悄地爬到窥视孔那里去，要不然我一定会爬到那里去的。

到了第十二天，我的喉咙十分疼痛。我冒着会被火星人发现的危险，砸裂了水槽边的雨水泵，弄了两杯乌黑的浑浊水。喝了那两杯水，我的精神好多了。而且胆子也壮了一些，因为没有看到火星人听到声音后就把触手伸进来。

在这些天里，我总是模模糊糊地记起牧师和他死的样子。

到了第十三天，我喝了更多的水，一边打瞌睡，一边迷迷糊糊地想着吃过的东西和不可能实现的逃跑计划。只要一打盹，我就会梦见可怕的幽灵，梦到牧师的死，还想到美食大餐。但是，不管是睡着还是醒着，我总是感到嗓子很痛，这使我不断地喝水。射进储藏室的光线不再是灰暗色的，而是红色的了。在我漫无头绪的想象当中，那光线看起来像是血的颜色。

在第十四天的时候，我走进了厨房，惊奇地发现墙壁的裂口上长满了红草，把半明半暗的屋子映成了暗淡的深红色。

在第十五天的早上，我听见厨房里发出一阵奇怪的、熟悉的响声。我仔细听着，原来是一只狗发出的嗅闻声及抓刨的声音。随后我走进厨房，看见一个狗鼻子从一墙红草的缝隙中伸了进来，这令我大吃一惊。而那只狗一看见我就汪汪地叫了起来。

当时我想如果能悄悄地把它引诱到储藏室里面来，我或许能杀了它，将它吃掉。无论如何杀了狗才是明智的，免得它的行动引起火星人的注意。

我向前爬去，轻轻地对狗说了声“乖狗”，但是它突然头一缩，就逃之夭夭了。

我听了听——我并没有聋——不过大坑那边确实静悄悄的。我听到一种像是鸟儿扑棱着翅膀的声音，还有一声嘶哑的呱呱声，除此之外再无别的声响。

我紧靠在那个窥视孔旁边待了很长时间，但是不敢把挡在孔口处的红草拨到一边去。有一两次，我听见一阵轻微的啪嗒啪嗒声，仿佛是那只狗在离我不远的沙地上走来走去，还有些鸟叫声，此外再无别的声音。最后，屋外的宁静让我鼓起了勇气，我大胆地朝外面看去。

在大坑角落处，我看见一大群乌鸦在火星人吸血后扔下的尸骨上扑腾着，争抢着。除此之外，坑边没有一个人。

我环顾四周，几乎不敢相信自己的眼睛。所有的机器不翼而飞。除了一个角落上还有一大堆灰蓝色的粉末，另一个角落上有些铝条、几只黑鸟、几具被害者的尸骨，这个地方只不过是沙地上一个空洞的大圆坑而已。

我慢慢地穿过红草，站在一堆碎石上。我环顾四周，除了我身后的北边看不到外，其他方向，我一览无余，但看不到火星人的踪影。我脚下的坑壁很陡，沿着碎砾有一条斜坡通到废墟的上面。见着眼前逃跑的机会终于来了，我不禁颤抖起来。

我犹豫了一会儿，然后孤注一掷，怀揣一颗狂跳的心，爬到了废墟堆的顶上，我已在这废墟中禁闭了好些天了。

我又环视四周，向北面望去，还是看不到火星人的影子。

当我上一次在阳光下看到希恩这一片地方时，它还是一条繁华街道，红白色房子鳞次栉比。而此时此刻，我却站在一个碎砖烂瓦和砂石堆起的土堆上，上面蔓延着齐膝高的红色仙人掌一样的植物，没有一株地球上的植物能与之竞争。我身边的树木都枯萎了，发黄了，而稍远的地方，一大片红色藤蔓正在攀附仍活着的树木。

周围的房屋统统倒塌了，但是没有一幢是被火烧毁的。房子的墙壁还立在那儿，有的墙还有一两层高。门窗全都破碎了。红草在没有房顶的房间里恣意生长着。我脚下就是那个大坑，一群乌鸦在那儿争抢着腐食。还有几只鸟儿在废墟上跳跃着。我看见远处有一只瘦猫，弓着身子沿着一堵墙偷偷摸摸地走着，却始终见不到一个人影。

在黑暗的废墟中待久了，突然见到明媚灿烂的白天，我真有点眼花目眩。天空一片湛蓝，空地上长满红草，在阵阵微风中轻轻摇曳着。啊！多么清新的空气啊！

第六章　十五天造成的破坏景象：一片荒凉

有段时间，我完全不顾自身的安全，摇摇晃晃地站在土堆上观望着。我已从那个可恶的废墟中钻出来了，先前待在里面的时候，我只是鼠目寸光地考虑我们眼下的安危，根本不知道外面的世界发生了什么事情，也没有预料到眼前这个陌生的景象。我以为希恩会变成一片废墟——现在我发现四周的景色变得非常怪异，阴森恐怖，令人毛骨悚然，仿佛来到了另一个星球。

这个时候，我顿时产生了一种人类所难以体会的感觉，而这种感觉只有受我们人类控制的可怜动物才能熟知。我觉得就像一只兔子回到了自己的窝里，突然发现十来台挖土机正在挖一座房子的地基时，它的那种感觉可能和我现在的体会一样。我感到，一种被逐出家园，剥夺主人地位而沦为动物中一员，正在火星人的铁蹄下呻吟的感觉油然而生，这种感觉起初还是模模糊糊的，现在我头脑已清晰，一连多日使我感到压抑。我们和动物没有两样：潜伏、警觉、逃窜、躲藏，人类的威严和统治权已经荡然无存。

但是，这个奇怪的想法很快就结束了，我唯一能感到的只是因为长期禁食所造成的饥饿感。往大坑的另一边看过去，在红草墙后面有一块未被掩埋的园子，园里的土地还没有长出红草。这提醒了我，于是我走进了红草区，这里一片茂密，红草高低不一，有的齐膝高，有的齐脖子那么高，这些茂密的红草使我躲在里面有一种安全感。那围墙大约六英尺高，我试着想翻过围墙，可是两脚却跨不到墙头。于是我沿着墙边走到一个墙角，那儿有一块巨石，我踩着它爬上墙头，跳进了那个让我十分渴望的园子里。我在里面找到了一些嫩洋葱、两个剑兰球和一些胡萝卜。我收集起这些东西，翻过一道破墙，穿过暗红色的树林，走向克尤那个地方——就像走在巨大的血滴铺成的大道上——我脑子里只有两个想法：只要我精力充沛，就要多找些食物，并尽快逃离这块可怕的大坑区。

我又向前走了一些，来到一块草地，发现了一丛蘑菇，然后我就狼吞虎咽地吃了，接着我继续前行，来到了一片褐色的浅水塘边，那里曾经是一片草地。没想到，我吃的那点东西反倒让我感到更加饥饿了。起先，我对在炎热的夏天看到流水而感到奇怪，后来我才明白这是由于红草在酷热中到处蔓延的缘故。这种奇怪的植物一遇水就立即猛长，异常繁茂，其生长力无与伦比。只要红草的种子一撒进韦河和泰晤士河，它就迅速生长，满河的宽大叶子很快就阻塞了这两条河流。

后来，我在普特尼看见一座桥，几乎全被红草遮住了，在里士满也同样如此，泰晤士河的宽广浅流水面淹没了汉普顿和特维克纳姆的草地。红草跟着水面扩散，以至泰晤士河流域那些被毁的别墅都一度消失在那红色的沼泽里。据我四处探查，这个沼泽的边缘以及火星人造成的大部分废墟，都被红草掩盖了。

最后，这些红草就像它们快速蔓延时一样，很快地都死掉了。人们相信是一种细菌引起的一种疾病感染了红草，造成了它们的死亡。现在，经过自然选择，地球上的一切植物都获得了抵抗细菌疾病的能力——它们绝不会坐以待毙，而是与细菌顽强搏击。但是红草却像死了的动物一样腐烂了，先是叶子发白，继而渐渐枯萎变脆，轻轻一碰就会掉下来。曾经滋养了红草生长的河水，现又将它们的残余冲向大海。

我看到那片水域的第一件事情，就是赶紧喝些水解渴。我喝了很多水，一时冲动之下，还嚼了几片红草的叶子，叶子汁水很多，还有一股难闻的金属气味。我发现水很浅，可以蹚过去，只是红草有点碍脚，但是河当中的水变得很深，我只好返回莫特莱克那边去。我靠着侥幸留下来的别墅废墟、篱笆和路灯勉强地认着路，走出了沼泽地，登上了通往罗汉普顿的小路，来到了普特尼公用地。

在这里，陌生而奇特的景象变成了一片熟悉的废墟：地上一块一块的像是被飓风摧残过，一片荒凉。再走几步，我来到一处没有受到任何破坏的地方，房屋门窗紧闭，窗帘也遮得严严实实，好像主人才离开了几天，或者正睡在里面。这里的红草生长不繁茂，沿街高高的树上也没有红草的爬藤。我在树林中寻找食物，但一无所获，又闯进几家静悄悄的房子，但里面的东西早已被人搜罗一空。剩下的大半个白天，我一直躺在灌木丛里休息，我实在没力气再往前走了。

那期间，我始终没有见到一个人，也没看到火星人，只遇到了两只饿狗，但我一走近，它们便躲开了。在罗汉普顿附近，我看见两具骷髅——不是尸体，而是尸骨，皮肉已被啃得精光——在我旁边的树林里，我还发现了几只猫和兔子的碎尸骨，还有几只绵羊的头颅，我啃了几块骨头，但是上面没有什么肉。

太阳下山的时候，我挣扎着向通向普特尼的路上走去，心想火星人出于某种原因，肯定在那里使用过热光。过了罗汉普顿，我来到一个庄园里，找到了不少生土豆，足够让我填饱肚子了。从这个园子里我可以看到普特尼和一条河流。在黄昏里，这一带景色显得非常荒凉，焦黑的树林，孤零零的黑色废墟，山下是一片泛滥的河水，水草泛着红色。四周一片沉寂，想到这地方瞬间就沦为一片荒原，满目疮痍，我不寒而栗，心中充满无法形容的恐惧。

一时间，我相信人类已经完全被消灭了，只剩我一个幸存者，孤独地站在那里。在普特尼山顶附近，我又看到了另一个骷髅，它的双臂已经脱位，被扔在了身体外的好几码远处。我一步步前行，心中愈来愈相信：除了我这样的侥幸逃脱者，英国人已经给彻底灭绝了。我想，火星人已经离开这里，丢下这片荒废的土地，到其他地方去寻找食物了。说不定此时此刻他们正在摧毁柏林或是巴黎，再不他们就挥师北上了。

第七章 普特尼山上的梦想者

我在普特尼山顶的一家客栈住了一夜，这是我逃往莱泽尔黑德以来，头一次睡在真正的一张床上。从破门到寻找食物，我就别提我所遇到的麻烦了。我开始用了很大力气想破门而入——后来才发现大门上插了一个门闩——我不消讲我如何在每一间屋子里寻找食物，直到后来我几乎绝望的时候，才在一间好像是仆人的卧房里找到了一块被老鼠啃过的硬面包和两听菠萝罐头。这个客栈早已被人洗劫过。后来，我在酒吧间里发现了一些饼干和三明治，先前来的人没有注意到这些东西。我没吃三明治，因为它们都坏了，但是我吃了许多的饼干来充饥，而且还装满了几口袋。我没有开灯，害怕火星人在夜里会到伦敦的这一带来找东西吃。上床之前，我先忙乎了一阵，在黑暗中偷偷地从一扇窗子溜到另一扇窗子，向外望着看有没有那些怪物的迹象。我根本没有睡，躺在床上思绪联翩——这是自从和牧师最后一次争吵后，我第一次有这样的感觉。在那段时间里，我的精神状况一直处于一连串慌乱之中，不是心思不定，就是麻木愚钝，听天由命。但是那天晚上，也许是吃了东西的缘故，我的脑子变得十分清醒，并开始思考问题了。

那时我头脑里思考着三件事：牧师之死、火星人的行踪以及我妻子叵测的命运。对于第一件事情，我并没有感到恐惧和后悔，仅仅是一件已发生的事情，虽然想起来令人极不愉快，但也毫无悔恨可言。我那时和现在没有什么两样，只是因为一系列的事件驱使，我才在匆忙之中用刀柄砸向了牧师。我并不感到良心受到谴责，然而心中难以忘却，如梦魇般地缠着我。在寂静的夜晚，我感觉离上帝更近——上帝有时会在宁静的黑暗中降临。我因那一刻的愤怒与恐惧而受到上帝的审判，唯一的审判。我回顾了发现牧师蹲在我身边无视我的口渴，却指着威布利奇废墟中冒出来的火烟大喊大叫的情景；我回顾了后来我们之间的每一次谈话。

我们根本无法合作——可是命运总把我们拴在一起。如果我能预料到将来所发生的事，那我早在哈利伏特时就会离开他。但是，我没有预见。若是预见到了还那么做，那就是我的罪过了。既然我写的是一个完完整整的故事，那么我就应如实记下这段完整的经历。事实上，这些事情无人做证，我原本也可以不写下来，但我还是把它们写出来了，请读者们自己去明断。

经过一番努力，我终于将那幅僵尸的幻影抛到脑后，但又不得不面对火星人的行踪和我妻子命运的麻烦。关于火星人，我无从而知，而对于我的妻子，我更是摸不着头脑，思绪万千，越想越愁。突然间，那晚变得非常可怕，我不由自主地坐在床上，呆呆地在望着黑暗。我祈祷热光突然击中她，让她毫无痛苦地死去。自从那晚从莱泽尔黑德回来之后，我就再也没有祈祷过——诚然我在险境中恐惧地祈祷过，而且口中念念有词，就好像异教徒咕咕哝哝的咒语一样。但现在，我在脱离险境后真心地祈祷着，与冥冥之中的上帝面对面，虔诚而又清醒地祈祷着。多么奇特的夜晚啊！最奇怪的是，天刚黎明，我这个已经和上帝交谈过的人，却像一只老鼠离窝一样，爬出房子——一个不大不小的动物，一个低等动物，一个我们的主人一怒之下就会追杀的小动物。或许老鼠也充满信心地向上帝祈祷呢！如果我们没有学到什么东西，那么这场战争则教我们学会同情——同情那些被我们统治的无智慧动物。

清晨天空晴朗明媚，天气很好，东方的天空泛着粉红色，点缀着小片小片的金色云彩。在从普特尼山顶通向温布尔登的大路上，呈现一片狼藉的景象，看得出那是星期天晚上战争开始以后，惊慌的人流逃向伦敦方向时留下的弃物。路上有一辆双轮手推车，上面刻着“新马尔登蔬菜商托马斯·罗伯”，一个轮子瘪了，旁边还有一个白铁箱子也给丢下了。一顶草帽被踩进了现在已经变硬的泥巴里。在西山顶上，许多沾着血迹的玻璃散落在一个翻倒的水槽旁边。我无精打采，行动缓慢，心中也没什么明确的计划及目标。我想过去莱泽尔黑德，尽管我知道在那里找到妻子的希望渺茫。确实，除非死神突然降临，否则我妻子及堂亲肯定早就从那里逃走了。但是，我还是想知道萨里的居民逃往哪儿了。我明白自己很想找到妻子，我内心渴望见到她，希望她还在这个人世间，但是我一点也不知道该怎么去找她。同时，我也深深感到自己孤苦伶仃。我从这个角落出发，在茂密的树林和灌木丛的掩蔽下，一直走到了宽广的温布尔登公用地边缘。

公用地四周黑茫茫，草地上长着黄色的金雀花和石楠，这里看不到红草。当我小心翼翼地潜行在这片开阔地的边缘时，太阳升起，将光明与生气洒向大地。在林中的沼泽地里，我发现了一群蹦蹦跳跳的小青蛙，就驻足观望，看着它们那强烈的生存欲望，我颇受启迪。同时，我隐约地感到一种被人监视的奇怪感觉，便猛地转身，瞧见一个东西藏在一丛灌木里。我站在那里看着，又向前迈了一步，看见一个男人站了起来，他手里拿着一把短剑。我慢慢向他靠近，他却静静地站着，一言不发地注视着我。

当我走近一些，发现他穿的衣服和我一样又脏又旧，看上去就像刚刚从阴沟里爬出来的，污秽不堪。再走近一点，我看出他浑身都是青苔、污泥和煤烟。他的黑头发垂搭在眼睛上，满脸乌黑，又脏又瘦，所以一开始我没认出他来。他的下巴上有一道红色的伤痕。

“站住！”他叫道，此刻我离他不过十码远。我停了下来。他用嘶哑的嗓子问道：“你从哪里来？”

我一边想，一边打量着他。

“我从莫特莱克来，”我说，“我被埋在火星人围着圆筒挖的大坑旁边，费了好大力气才逃出来。”

“这里没有食物。”他说，“这是我的地盘，从这座山到那条河，往后到克拉波海姆，往上到公用地旁边。这里只有够一个人吃的食物。你打算去哪儿？”

我慢吞吞地回答着。

“我不知道，”我说，“我在一所毁坏的房子的废墟中被埋了十三四天，我不知道外面发生了什么事。”

他神色疑惑地看着我，然后站起来，用另一种表情望着我。

“我并不想待在这儿，”我说，“我要去莱泽尔黑德，因为我妻子还困在那儿。”

他伸出一根手指，大声地指着我说：“是你呀，从沃金来的那个人！你没死在威布利奇？”

我也同时认出了他。

“你就是那个跑进我家花园的炮兵。”

“真是好运气！”他说，“我们是幸运的一对！真想不到！”他伸出一只手，我随即握住他的手。“我从一个排水沟里爬出来，”他说，“但是火星人并没有杀掉所有的人。等火星人走后，我爬出水沟，穿过田野来到沃尔顿。但是——总共不到十六天——你的头发竟变成了灰白色。”他忽然转过头看去。“原来是一只白嘴鸦。”他说，“这几天，人们渐渐地看到鸟儿的影子了，这里真开阔，咱们躲到灌木丛底下去聊吧。”

“你见过火星人吗？”我问，“自从我爬出来……”

“火星人离开这里去伦敦了，”他说，“我猜想他们在那里建了一个更大的营地。那里，在海姆斯特德路那边，整晚上满天都被火星人的灯光照得通亮，就像大都市一样。在耀眼的灯光下，你正好可以看见他们在行动着。反而在白天你就看不见了。但是，最近几天，我一直没看见他们的踪影。”他扳着指头算着。“五天了。当时我看见其中两个火星人，扛着一个大东西，穿过哈默米斯大道。还有前天晚上——”他突然停下来，然后激动地说，“那是一个发光体，但却飞上高空。我相信他们已建造了一架飞行器，正在学习飞行呢。”

我们爬到了灌木丛，我停了下来，依然趴在地上。

“飞行？”

“对呀，”他说，“飞行。”

我爬进树荫处，坐下。

“人类彻底完蛋了。”我说，“如果火星人能飞的话，那么他们就能飞遍全球，肆无忌惮。”

他点点头。

“火星人会的，不过——这里的情况会好转一些。除了——”他看着我，“你并不相信人类完蛋了吗？我信。我们完蛋了，被彻底击败了。”

我双眼发呆，说来奇怪，我一直未认识到这种现象——经他这一讲，这个事实就非常明显了。但我仍然抱有一线希望，更确切地说，我一生养成了爱思考的习惯。那个炮兵又重复道：“我们被打败了。”句句话流露出他的彻底绝望。

“全都完蛋了，”他说，“火星人死了一个——只有一个。而且，他们已经站稳了落脚点，并且征服了世界上最强大的国家。火星人把我们踩在脚下。在威布利奇死掉的那个火星人，只不过是个偶然事故。而且，这些火星人只是先头部队，他们会不断地涌来。那些绿色的陨星——尽管这五六天里我没有看见一颗，但是我肯定它们每天晚上都落在某个地方。我们无可奈何，甘拜下风！我们被打败啦！”

我没有回答他，只是坐着盯着前方，徒劳地想找些理由来反驳他。

“这不是一场战争，”炮兵说，“这绝不是战争，就像我们人类和蚂蚁之间不可能有战争一样。”

突然我想起了在天文台的那个晚上。

“他们发射了第十颗后，就没有再发射了——至少在第一只圆筒降落之前就停止了。”

“你怎么知道？”炮兵问，我向他做了解释。他沉思了下又道：“可能是他们的发射炮出了故障，但是出了问题又有什么关系？他们会把大炮修复好。再说，即使发射推迟，难道会改变我们的结局吗？这正如人和蚂蚁的关系。蚂蚁建造自己的城池，按照自己的方式生活，进行着战争和革命，直到有一天人类把它们赶走，最终成为人类的牺牲品。眼下，我们就是这种处境——就像蚂蚁一样。只不过——”

“是呀。”我说道。

“我们是可以吃的蚂蚁。”

我们俩坐着，面面相觑。

“那么，火星人会把我们怎样呢？”我问道。

“我在想的就是这个，”他说，“这正是我思考很久的问题。从威布利奇出来以后，我朝南走——我一路都在想。我目睹了发生的一切事。大多数人都对威布利奇事件受不了，大叫大嚷，但我可不这样。我已经经历了两次死亡，我可不是做摆设的兵，至多不就一死——不就是一死嘛。只有头脑清醒的人才能大难不死。我看见人人都朝南方逃命，我对自己说：‘这样走不会有东西吃的。’于是我转身往回走，我朝火星人的方向走去，就像麻雀冲着人飞过来一样。

结果，四面八方——”他向地平线挥了挥手，“饥饿的人成群成队，四处逃窜，互相践踏……”

他看见我脸色大变，立即住嘴。

“不用说，许多有钱人都逃到法国去了。”他说。他犹豫了一下，不知道是否该道歉，他注视着我，继续说：“这里到处都有食物，店里有罐头、葡萄酒、烈性酒和矿泉水；而且水管和排水管都是空的。好吧，我现在告诉你我的想法。我认为火星人是有智慧的生物，他们好像把我们捉去当作食物。首先，火星人要摧毁我们的兵舰、机器、大炮、城市，及所有社会秩序与组织。这一切都将化为乌有。如果我们人类只有蚂蚁那么大，我们也许能逃掉。但我们不是蚂蚁，我们的个头太大，无法躲避。这是第一个毋庸置疑的事情，对吗？”

我表示同意。

“是这样，我已经想过了。很好，那么，第二点：目前我们被火星人困住了。一个火星人只需走几英里就能抓到一群逃跑的人。有一天，我看见一个火星人在旺兹沃斯附近把一幢房子夷成平地，在废墟中翻找着。但他们不会一直这么干。一旦他们把我们所有的大炮和舰只都解决掉，摧毁了我们的铁路，并完成在这里要做的一切事情，火星人就会开始有组织地搜捕我们，从中挑选最好的，然后就关进笼子里。这就是火星人即将想干的事。天哪！火星人还没有开始袭击我们呢！难道你看不出吗？”

“还没开始？”我惊叫道。

“还没开始。迄今为止所发生的一切，都是因为我们惊慌失措，不能保持镇静——用大炮等诸如此类的愚蠢的行为去骚扰他们。而且我们失去了理智，成群结队地逃往那并不比眼下更安全的地方去。现在火星人还不想处理我们，因为他们正忙着制造自己的东西——他们无法带到地球上来的东西，为其他的火星人铺好道路。他们之所以暂停发射圆筒，就是怕击伤那些已经在地球上的火星人。因此我们不应四处瞎跑，到处乱喊，或者是找机会用炸药炸死他们，我们应该根据新的情势来安排好自己。这些就是我想到的。这当然不是人人能想到的，但事实就是如此，而且，我就是遵循这个原则行事的。城市、国家、文明、进步——一切全完了。那种游戏已结束，我们被打败了。”

“既然如此，活着还有什么用呢？”

炮兵朝我看了一会儿。

“今后的一百万年里将不会有什么优雅的音乐会了，也不会再有什么皇家艺术学院了，也不会有餐厅里的美味佳肴了。如果你追求享乐的话，那我想都结束了。如果你注重礼仪，不喜欢用刀吃豆子，不喜欢说话时漏发词首音‘h’，那么你得赶紧改变了，抛弃那些礼仪，它们没有什么用了。”

“你是说——”

“我的意思是，人们应像我一样，要继续活下去——为了传宗接代。实话告诉你，我一定要活下去。如果我没说错的话，我想不用多久，你也会展示出你内心的秘密。我们不会被消灭。我也不想被火星人捉住，像头大公牛一样被他们驯养起来。唉，想象一下那些褐色的爬行动物吧！”

“你不是想说——”

“我要说的是，我要在火星人脚底下继续生存，我已经做好了计划。尽管我们被击败了，但我们仍对火星人了解得太少。我们必须学习，然后才有机会。我们必须一边学习，一边独立地活下去。瞧！这就是我们必须要做的事。”

我惊讶地盯着他，被他的决心深深感动。

“我的天，”我叫道，“你真是个男子汉！”我突然紧紧地抓住了他的手。

“啊！”他说，眼睛闪闪发亮，“你已经想好了，对吗？”

“继续讲！”我说。

“好吧，那些打算逃出火星人魔爪的人必须做好准备。我准备好了，但记住，并非我们中的每个人都注定是猎物，这点非常清楚。正是如此，我才事先关注你。我还担忧过，你身体瘦弱。我不知道是你，也不知道你怎么被埋在废墟中的。所有这些人——住在这些房子里的人，还有那些曾经住在那个地方的可恶小职员——他们都不是好人。他们心灵空虚——没有远大的理想，没有强烈的欲望，他们不是男子汉，都是些胆小如鼠、毫无用处的家伙。他们就习惯于一天到晚忙着工作——我曾看到许多这样的人，手里拿着早餐，发疯一样地跑着，只是为了能赶上使用季票的火车，生怕赶不上火车就会被炒鱿鱼。工作的时候他们又不肯钻研业务，下班以后立即匆忙赶回家，生怕耽误了吃晚饭，晚饭后就待在家里，不愿走到街上去，然后与他们的老婆睡觉休息，不是因为需要妻子，而是由于他们手里有一点钱，能让他们在忙忙碌碌、苟且偷生中营造自己的小窝。他们的生活有了保障，也略有一点投资，以防不测。到了星期天——他们又担心今后的日子。好像地狱是专为兔子建设的！那好，对这些人来说，火星人正好是天赐之物。优美宽敞的笼子，丰富的食物，细心的喂养，无忧无虑。他们被火星人追得满山遍野，四处躲藏，忍饥挨饿，大约一周后，他们就会心甘情愿地俯首就擒。在笼子里生活不多久，他们就会很开心了，甚至会想，火星人在未照料他们之前，他们是如何活下来的呢。至于酒吧里的那些游手好闲、调情求爱者及歌女们——我可以想象出来，"他说，脸上带着一种严肃神情，"他们身上有某种感情和宗教信仰方面的放松。我亲眼目睹了许多事情，最近几天看得更清楚了。有许多人对一切事情处之泰然、安于现状，被喂得胖胖的、傻乎乎的；还有许多人感到心灵不安，总觉得一切全错了，他们应该做点什么事才行。眼下，不管情况怎样，总有许多人觉得他们应该找点事做，而那些生性懦弱的人，还有那些因顾虑而变得意志薄弱的人，总是持着一种无为态度，十分虔诚而坚定，甘心忍受上帝的摆布，服从上帝的安排。很可能你也看到过这样的事情。这是一阵恐慌风释放出的能量，把人们搞得神魂颠倒。这些笼子里将充满圣歌、赞美诗和虔诚。而那些不虔诚的人，他们将会做点——做点什么呢？放纵肉欲。"

他停了一下。

"火星人很可能把其中的一些人驯化成宠物，教他们玩一些把戏——谁知道呢？——火星人可能会同情起一个男孩来，把他养大只是为了要杀死他。还有，火星人会训练一些人来抓捕我们呢。"

"不，"我叫道，"这不可能！没有人会——"

"说这些谎话有什么用呢？"炮兵说，"会有人乐意干的。傻瓜才不这么想呢！”

我只好同意他的观点。

“如果他们来抓我们，”他说，“上帝啊，如果他们来抓我们，那怎么办！”然后他就静静地沉思着。

我坐在那儿想着这些事情，找不到反驳他的理由。在火星人入侵之前，没有人能怀疑我比他更有智慧——我是一个精通哲学理论的著名作家，而他只是一个普通的士兵。然而他已认清了形势，可我却还不明白呢。

“你想怎么做？”我立即问道，“你有什么计划呢？”

他犹豫了一下。

“哦，是这样。”他说，“我们能干什么呢？我们要创造一种生活，使人们能够生存和繁衍下去，并且能平安地把我们的孩子抚养长大。是的——等一下，让我把应该做的事说得更清楚些。那些被驯服的人将会像被驯服的动物一样生活，只过几代的演变，他们就会变得体形巨大，身材美丽，面色红润，但是蠢笨无比——一群废物！风险就在于，我们这些野蛮的动物将会变得更野蛮——最终退化成一种巨大的野鼠——你看，我意思是生活在地下。我一直在想那些下水道。当然那些不知道下水道的人就会把它们想得很可怕。但是在伦敦的地下有上百英里的下水道——只要下几天雨，伦敦的下水道就会被冲得干干净净了。那些主要的下水道又大又宽敞，足可以让任何人待在里头。还有地窖、地下室、储藏室，这些都是进入下水道的秘密通道。另外还有铁路隧道和地下铁路，哦，你开始明白了吗？我们可以成立一个团——由身体强健、头脑清楚的人员组成。

我们不会选择那些随波逐流的废物，懦夫必须离开。”

“你是说要我走开？”

“哦——我在与你商议，不是吗？”

“我们用不着争吵这个，你接着说。”

“那些留下来的人必须服从命令。我们也需要身体健康、头脑清醒的女人——她们是很好的母亲和老师。我们不需要游手好闲的小姐——她们只会眉飞色舞。我们不要软弱和愚蠢的人。真正的生活又开始了，那些没用的人、给别人带来累赘的人和多愁善感的人都必须死掉。他们应该死掉，他们也愿意死掉。毕竟，活着而又给人类带来麻烦总不是好事。当然他们不会幸福。此外，死并不可怕，只有懦夫才怕。我们应该召集人聚集在这些地方，我们的地方应该是伦敦。我们甚至可以设立岗哨保持警戒，当火星人不在的时候，我们可以跑到外面去转转，也许还可以打打板球。这样我们就可以拯救我们的民族。明白吗？这可能吧？但是拯救这个民族，绝不单单仅此而已。就像我说的一样，那只是老鼠的行为。要紧的是我们要保存我们的知识，并不断发扬壮大。这样像你这样的人就有用了。有书籍，还有模范。我们必须在地下的深处辟出许多安全的地方，以能放进所有的书。我们不需要小说和诗歌这类乏味读物，只要科学书籍。这样，你就有用武之地了。我们必须到大英博物馆，将所有这类的书都选出来。我们特别要继续学习科学——而且要多学一些。我们要观察火星人，我们当中的一些人必须当间谍，去打探消息。当这一切都准备好了以后，也许我将会被火星人逮住。最重要的是，我们不应该去骚扰火星人，应顺其自然，我们甚至不应偷窃。

如果我们碰上了火星人，就应该让路。我们必须向火星人表示，我们无意伤害他们。对，我知道这个，火星人是智慧生物，如果他们拥有了自己期望的一切，并认为我们只不过是一些无害的虫子，那么他们就不会把我们追捕得四处乱跑。”

那个炮兵停了下来，把他那只褐色的手放在我的臂上。

“不管怎么说，我们以前学的可能不多。只要想一想吧：四五个战斗机甲突然发动起来，到处扫射着热光，机甲里没有火星人操作，没有一个火星人，而只有人——那些已经学会了操作这些机甲的地球人，他们可能与我同时代，甚至是——那些人。想象一下吧，你只要拥有那个奇妙的机甲，就能随心所欲地控制它，四处扫射热光！即使你在最后遭到重击，被撞得粉碎，又有什么关系呢？我想那些火星人一定会睁大他们漂亮的眼睛！你难道看不见他们吗，老兄？你看不见火星人急急忙忙、气喘吁吁地干着其他机械工作吗？——边喷边吹。每次都有东西脱开齿轮，只听嗖嗖、砰砰、咔嚓的一阵阵响声！就在火星人还在磨磨蹭蹭的时候，热光嗖的一下发射了。瞧，人类重新站起来了。”

在很长的一段时间里，那个炮兵的大胆想象和他充满信心的勇气完全控制了我的思想，我毫不怀疑地相信了他对人类未来命运的预测，更相信他那惊人计划的可行性。读者若以为我易受说服，或者愚昧无知，不妨对比一下我们的处境，炮兵一直在边观察边思考那个问题，而我却提心吊胆地蹲在树丛底下，倾听着炮兵的讲话，恐惧使我心烦意乱。整个一大早时间，我们就这么谈着，然后从树丛里爬出来，仰望天空，观察有没有火星人的动静，随即就急匆匆地跑到普特尼山上的一间屋子里，他把那里当作自己的一个窝巢。此地是一个煤窖，他在这里挖了整整一个星期——那是一条不足十英尺长的地道，他想把它和普特尼山的主下水道接起来——当我看到这个工程时，就深感他的梦想与力量之间的巨大差距。我一天就能挖出这样的洞。但我还是对他深信不疑，整个早上到中午我都在和他一起挖洞。我们有一辆花园手推车，用它把挖出来的土运到厨房那边。我们从邻近的储藏室里找到一听仿甲鱼汤和一瓶葡萄酒，吃完东西后，我们又有了精神。真奇怪，这种累人的工作竟让我感到一种莫名的轻松，反倒用不着去想外面的怪异世界。我一边工作，我还一边在脑子里反复思考他的计划，慢慢地产生了疑惑。但我还是整个早上干着活，心里十分高兴，因为又找到一个目标。挖了一个小时以后，我开始考虑还要挖多远才能到达下水道，发现很有可能根本就挖不到那里。我顿感困惑的是，我们为什么要挖这么长的隧道，而不是从一个阴沟洞直接通到下水道去，并从阴沟洞往房子里挖。我觉得，我们的房子选得也很不适当，这迫使我们要多挖一段很长的隧道。正当我想着这些问题的时候，炮兵停止了挖掘，抬头看着我。

“我们干得不错。”他说。他把铁锹放下。“咱们歇口气，”他说，“我想现在我们该到房顶上侦察一下了。”

但我想接着干，他犹豫了一下，又拿起了铁锹。突然我脑中闪过一个念头，连忙停下挖土，他也立刻停了下来。

“你为何在公用地上走来走去，”我问，“而不在这里干活呢？”

“呼吸点儿新鲜空气，”他说，“我正往回走呢，这里晚上比较安全些。”

“可怎么干活？”

“噢，人不能老是干活。”他说，我看见他的脸色突然变白了。他迟疑了一下，手里握着铁锹。“我们现在该去侦察了，”他说，“否则，一旦有火星人在附近的话，他们就可能听到铁锹的挖土声，并向我们发动突然袭击，使我们猝不及防。”

我无心思反驳他，一起爬上房顶，站在梯子上从屋顶的门缝向外看，看不见火星人的影子，于是我们冒险爬到房瓦上，借着护墙的掩护滑了下去。

在这个位置看，普特尼的一大部分都被灌木丛遮住了，但是我们能看见下面的河水，上面长着一大片红草，还有郎伯斯的低地，被水淹没了，泛着红色。那座古老宫殿四周的树上爬满了红草，枯干的枝条和萎缩的叶子伸展在一串串果实之间。真奇怪，红草蔓延一点儿都不能离开流水，在我们的四周没有红草的痕迹。金链花、粉红色的山楂花、雪球花、绿色的树丛在月桂花和绣球花中长了出来，沐浴在阳光下，翠绿鲜艳。在金斯顿那边，滚滚浓烟，与一片蓝色的烟雾遮掩了北面的群山。

炮兵开始跟我讲起那些仍然留在伦敦的人的情况。

“上星期有一天晚上，”他说，“有几个傻瓜把电灯弄好了，于是整个摄政街和马戏广场一片灯火通明，街上挤满了涂脂抹粉、衣衫褴褛的男男女女，喝得醉醺醺的，又跳又叫，通宵达旦。这是一个当时在那里的目击者告诉我的。天亮以后，他们看见了一个战斗机甲站在离朗汉姆不远的地方看着他们。天知道它在那里站了多久。

顿时，人群大乱，一些人转身就逃。战斗机甲走到路上，开始追捕人群，随手就抓住了近一百个人，他们因为喝得烂醉，或是吓得跑不动了。”

这一瞬间的怪异情况，没有哪一部历史书会详尽地记载下来！

这之后，他回答我的问题时，又谈到了自己宏大的计划。他变得热情洋溢，兴致勃勃，大谈缴获一架战斗机甲的可能性，我几乎又要相信他了。但是，既然我对他已有了解，我就知道他仅仅是说说而已，不会有什么行动的。此外，我还看出，现在要由他一个人亲自去捕获一架战斗机甲，或是去同它作战，我想那是不可能的。

过了一会儿，我们回到了地窖，似乎都没心思继续挖洞，当他建议吃点东西的时候，我完全同意。他突然变得非常慷慨大方，我们吃完以后，他出去了一会儿，带回几包很好的雪茄烟。我们点上烟，他满面乐观，竟将我的到来当作一件大事。

“地窖里有些香槟。”他说。

“我们可以喝点泰晤士河畔的勃艮第红酒，这样我们会挖得更用劲些。”我说。

“不，”他说，“今天我请客。香槟！伟大的主啊！我们面前的任务艰巨！让我们休息一会儿，尽量养足体力。看看我的手都起泡了！”

炮兵觉得今天是个假日，所以吃完饭以后，他建议我们玩纸牌。他教我玩“尤卡”的游戏，我们把伦敦分成两半，我控制北部，他控制南部，然后我们赌谁占的地方多。在严肃的读者看来，这也许非常愚蠢无聊，但这却是事实。而让人尤为吃惊的是，我觉得我们玩的纸牌游戏以及其他几个游戏非常有趣。

人的思想真是不可思议！当我们的种族面临着灭绝或可怕的退化的时候，我们看不到光明前景，只有死亡的可能，然而我们却能坐下兴高采烈地玩着纸牌游戏。后来他教我玩扑克，我又赢了他三盘象棋。到了晚上，我们甚至冒险点了灯。

我们断断续续地玩了很多游戏以后，开始吃晚饭。炮兵喝了一瓶香槟酒。我们接着又抽雪茄。他变了，已不再是我早上见到的那个生机勃勃的人类拯救者了。他仍然很乐观，但是少了些激情，多了些沉思。我记得他讲了一番话，言语平淡，时而停顿，最后祝我的身体健康。我点燃一根雪茄，走到楼上去看他刚才提到的那些灯，这些灯在海格特山一带闪着耀眼的绿光。

起初，我茫然地望着伦敦山谷对面的地方。北边的山峦笼罩在黑暗中，肯辛顿附近一片红红的火燃烧着，橘红色的一道火苗不时地升起来，然后消失在深蓝色的夜空里。伦敦的其他地方一片漆黑。后来，在附近一些地方，我看见了一种奇怪的光芒，一种浅紫色荧光在晚风中闪烁着。我一时还弄不清那是什么，后来才明白，那一定是红草发出的微弱光晕。看到这些，我顿生好奇感，瞬间的顿悟又唤醒了我的好奇心。我的视野从荧光移开，转向火星，它高高地闪耀在西边的天空下，又红又亮。接着我又久久地凝视着海姆斯特德和海格特的夜空。

我在屋顶上待了很长时间，想着一天里发生的奇怪变化。我想起了从那次午夜祈祷到这次愚蠢的纸牌游戏这段时间里我的心理状态。我突然产生了一种厌恶的感受。我记得自己不嫌浪费地扔掉了雪茄烟。我的愚蠢行为让我无法忍受。我似乎背叛了妻子，也背叛了自我，心中充满了悔恨。我决定离开这个放荡不羁的妄想家，让他自个儿去大吃大喝。而我继续往伦敦去。我觉得只有在伦敦，我才能打听到火星人和我的同胞们在干些什么。当月亮升起来的时候，我仍待在屋顶上。

第八章　死城伦敦

我离开那个炮兵以后就下了山，穿过高街上的一座桥，来到佛尔海姆桥。那里到处长着一片一片的红草，几乎堵塞了桥面。但由于瘟疫蔓延，一片片红草叶子已经泛白，不久那种传染病就会迅速地摧毁它。

一条小路通向普特尼大桥车站，拐角处躺着一个人，浑身黑灰，活像是一个扫煤灰的人。他还活着，但是已经醉得不省人事，连话都说不出来。我从他嘴里问不出什么，他只会破口大骂，并且用手打我的脑袋。我想，要不是他一脸凶相，我本应该待在他身边的。

过桥往前走，沿途尽是黑灰，黑灰在佛尔海姆变得更厚了。街道四周一片安静。我在一家面包店里找到一些食物，又酸又硬，而且都发霉了，但还能吃。离佛尔海姆草地不远的地方，街上没有尘灰了。我经过一排燃烧着的白色房子，其燃烧的声音让我感到一种轻松。我继续向布朗普顿走去，街道上又安静了下来。

在这里，我在街上遇到了更多的黑灰和死尸。我在佛尔海姆路上一共看到了大约 12 具尸体，已经死了好几天，所以我疾步绕过。

黑灰覆盖着这些尸体，反倒显得不那么可怕了。其中有一两具尸体已经被狗刨开了。

在没有黑灰的地方，就像是城里星期天的景象，商店关着门，房子上了锁，窗帘都放下来了，没有一个人，四周一片死寂。有些地方可以看出曾被抢窃者破门而入，它们大多是食品店和酒店。一家珠宝店的橱窗被打破了一个洞，但小偷明显受到了惊吓，几根金链条和一块手表散落在人行道上。我没去碰它们。远处有一个穿得破破烂烂的女人坐在门槛上，她的手垂在膝盖上，手上伤口的血流到了铁锈红色的衣裙上，一瓶打碎的香槟酒在人行道上积成一个小洼。她看上去像是睡着了，可是她已经死了。

我越靠近伦敦城，就越感到四周一片寂静。与其说是一片死寂，不如说是一片令人提心吊胆的寂静，一种让人处在担忧和期待之中的寂静。那种毁灭烧掉了西北城区，又摧毁了伊令和吉尔波恩，它随时可能袭击这些房子，让它们沦为一片冒烟的废墟。这是一座受到诅咒的弃城……

在南肯辛顿，街上没有黑灰和死尸。我在靠近南肯辛顿的地方第一次听见了号叫声，我开始几乎听不出来。哀号声是由两个交替的音符组成的，“呜啦，呜啦，呜啦，呜啦……”就这么一直不停地叫着。当我穿过几条向北延伸的大街时，那哀号声变得更响亮了。但这个声音似乎被建筑挡住了，中断了。当我走过展览馆路时，这声音又响了，我停下脚步，凝视着肯辛顿花园那边，听着远处奇怪的哀号声，真令人吃惊！仿佛是一大片荒凉的房屋在发出恐惧而孤独的悲泣声。

“呜啦，呜啦，呜啦，呜啦……”那个非人类的哀号声如汹涌浪潮掠过阳光照耀的宽阔路面，在道路两边的高楼之间回荡着。我转身朝北，向海德公园铁门走去。我本想闯入自然历史博物馆，爬到楼顶上看看公园后面的情况，但是我还是决定原地待着不动，以便能尽快地躲藏起来。我继续沿着展览馆路往前行走。马路两边，大楼空空荡荡，鸦雀无声，只有大楼的墙壁回荡着我的脚步声。在山坡顶上的公园大门旁边，我看见了一幅奇观——一辆大马车翻倒在地上，一具马骷髅被啄得精光。看到这一惨景，我惊呆了一会儿，随后继续走过蛇河大桥。哀号声变得越来越响，然而，除了西北方向有一股烟雾之外，我在公园北边的房顶上，什么也没看见。

“呜啦，呜啦，呜啦，呜啦……”那个声音叫着，我认为是从摄政公园周围的区域传过来的。这凄惨的哀号声令我毛骨悚然。我担忧的心情渐渐消失了。我心中总是想着那哀号声，感到非常疲倦，两脚酸痛，而且又饿又渴。

中午已过。为何我还要在这座死寂的城市里独自徘徊呢？当整个伦敦都披上了黑色的尸衣，我为什么要独自留在这里呢？此刻，我感到了难以忍受的孤独。我想起了那些早已忘记多年的老朋友，想到了药铺里的那些毒药，想到了商人储藏的葡萄酒和烈酒，又想起了那个呆头呆脑、令人失望的家伙。据我所知，只有我们两个人待在这儿分享着这个城市了……

我走过大理石拱门来到牛津街，这里又出现了黑灰和几具死尸，从几幢房子的地窖的格子里飘出了一股难闻的气味。经过长途跋涉，我感到非常口渴，费了很大的劲才打破一家酒店的门，弄到了一些食物和饮料。吃完以后，我就疲乏不堪，于是走进酒吧后的一间营业室，找到一张黑色的马鬃沙发躺下就睡着了。

我醒过来的时候，耳边仍然响着那凄惨的哀号声。“呜啦，呜啦，呜啦，呜啦……”现在天已黄昏，我在酒吧里吃了点饼干和奶酪——那里还有一个肉柜，但是里面生满了蛆。然后我从静静的住宅区漫步走到贝克街——我只记得波特曼广场——最后到了摄政公园。当我来到贝克街尾时，看到远处夕阳下的树梢上露出一个火星人的头罩，哀号声就是从那里传出来的。我并不感到害怕，若无其事地朝那里走去。我看了一会儿，那头罩一动不动，好像有个火星人在那里叫着，但我不知道原因。

我试图制定一个行动方案。那种没完没了的“呜啦，呜啦，呜啦，呜啦”的声音搅得我心烦意乱。也许是太疲倦的缘故，我竟顾不上害怕了。当然我非常想弄清那个单调叫声的原因，这种好奇心战胜了我的恐惧。我转身离开那个公园，走上公园大路，打算绕过公园，沿着一排房子的屋檐走过去，从圣约翰树林那边望一望那个无法行动的发出号叫声的火星人。在贝克街外面大约200码处我听到了一大群狗叫声，只见一只狗嘴里叼着一块腐烂的红肉，朝我这边冲过来，后面跟着一群饿狗。狗在我的身边绕了一个大弯想躲开我，生怕我跟它争食似的。当路上的狗吠渐渐消失后，“呜啦，呜啦，呜啦，呜啦”的悲号声又响了起来。

我走到圣约翰树林车站的半路上时，遇到了那架毁坏的修理机。开始我还以为一幢房子倒在了路边。我爬到了废墟的上面，惊奇地看见这个机器大力士正躺在地上它制造的废墟中，它的触手有的弯了，有的折断了，机器的前半部分被撞碎了。它像是笔直地撞到了那座房子上，倒在了房子的废墟中。看起来修理机像是失去了火星人的控制。我没法爬到废墟上去看个清楚，而且夜色茫茫，火星人座位上的斑斑血迹和给狗咬剩下的软骨都看不见了。

眼前这一切，更叫我感到不可思议。我继续朝樱草山走去，透过树林的缝隙，我远远地看见了第二个火星人修理机，和第一个一样，它也纹丝不动，站在通往动物园的那个停车场上，毫无响动。在离废墟不远的地方，我又看见了红草爬满被毁坏的修理机周围，而且，还在摄政运河发现了一种海绵体的暗红色植物。

当我穿过桥的时候，“呜啦，呜啦，呜啦，呜啦”的叫声停止了。好像是被打断了。一片寂静又突然间降临大地。

在夜色下，四周的房子渐渐变得昏暗，公园附近的树林也越来越黑。我身边的废墟上到处爬满了红草，在昏暗的光线下似乎朝我爬过来。深夜，恐惧和神秘的根源到来了。但是那绝望、孤独的叫声却变得可以忍受了，它使伦敦又充满生机，也让我打起精神。然后突然起了变化，发生了什么事——我不知道是什么——然后就是寂静，除了这死一般的沉寂，别无所有。

在我四周，伦敦像幽灵似的注视着我。那些白色房子的窗户，像是头颅的眼窝一样。在我的想象中，有千百个敌人悄悄移动着，顿时我感到一阵恐惧，对自己的鲁莽行为感到害怕。面前的路变得漆黑一片，仿佛涂了焦油一样。当我看见一个扭曲的身躯横卧在路上时，我不敢再往前走了，于是转向圣约翰树林大路，向吉尔波恩跑去，逃离这可怕的寂静。我在哈罗路上一间马车车夫的棚子里躲到半夜，躲避黑夜和寂静。但是黎明之前，我的勇气又恢复了，天上依然星光闪烁，我又一次朝摄政公园走去。我在街道上走迷了路，不久，我沿着一条长长的大街望去，在黎明的晨曦中看到了樱草山的轮廓。在山顶上，一个火星人高高地站在星光底下，像其他的火星人一样纹丝不动。

这时，一个疯狂的念头涌上心头，我想甘冒一死也要把它处理掉。即使有杀身之祸，我也要救我自己。我不顾一切地走向那个火星人修理机，快走近的时候，天光已经明亮，看见一群黑鸟在火星人的头罩上方盘旋着。见此状况，我的心一下猛跳起来，禁不住在大路上跑了起来。

我匆匆穿过那些阻塞了圣爱德蒙得高地的红草（我涉过齐胸深的激流，它是从通往艾伯特大道的供水系统中流出来的），在太阳升起之前，我已来到草地上。在山包周围堆着一些大土墩，将山顶变成一个巨大的多面堡阵地——这是火星人修筑的最后一个较大的工事——在这些土墩后面，一缕缕淡烟在天幕下袅袅升起。只见一只狗在远处匆匆地跑着，转眼就消失了。那个曾在我头脑里闪现的念头，如今变得越来越真实，越来越可信了。当我跑到山上，朝那个一动也不动的怪物奔去时，我毫不惧怕，只感到心里狂喜。我看见一些细长的棕色碎条，从头罩里垂落下来，一群饿鸟正啄着那些碎条。

转眼间我爬上了土墙，站在墙顶上，我一览无余，把下面的堡垒里面看得清清楚楚。这个地方很大，里面到处摆放着巨大的机器、一堆堆的材料和奇怪的遮蔽物。到处都是火星人，有的躺在他们翻倒的战斗机甲里，有的待在僵硬的操作机里，还有十几个僵硬无声地躺成一行——都死了！他们被细菌杀死了，他们的生理机制对细菌毫无免疫力，就像红草一样被杀死了。人类对抗火星人已黔驴技穷，但火星人却被地球上最微不足道的东西征服了，那是上帝以其智慧赐予地球的。

事情就是这样发生的。要不是恐惧和灾难蒙住了我们的眼睛，我们是应该预料到这个结局的。从远古时代，细菌就摧残着人类——自从生命开始后，它们就摧残着我们祖先的生命。但是通过自然选择我们人类获得了抵抗力，我们会对每种细菌做一番顽强的搏斗，而不是任之摧残。对许多细菌——比方说那些引起死尸腐烂的细菌——我们的身体已经产生了完全的免疫力。但是火星上没有细菌，这些入侵者直接来到了这里，在地球上吃喝，我们地球上的这些微生物联军就开始在火星人身上发作起来，要了他们的命。当我看到火星人时，他们就已经无可救药地走向灭亡，甚至在他们四处走动时，他们就已经濒临灭亡，这一切不可避免。人类用数十亿人的死亡为代价，才获得了在地球上的生存权，这个权利是用来对付所有外来人的。即使火星人比人类再强大十倍，人类仍然拥有这个权利，因为人类既不会白白地活着，也不会白白地死去。

大约五十个火星人横七竖八地躺在自己挖掘的大坑里，遇到了他们自己也不明白的死亡，我当时也并不理解，只知道这些曾经活着的让人类感到恐惧的火星人死了。有一会儿我认为这是辛那赫里布毁灭的重现，上帝发怒了，就派死亡的天使在夜里杀死了他们。

我站着往坑里望下去，心中备感轻松，太阳升起来了，火热的阳光把周围的一切晒得发热。坑里还是一片黑暗，那些巨大的机甲，奇形怪状，威力强大，结构复杂，渐渐地从阴影中冒出来，迎着阳光站立着，显得古怪，若明若暗。我还能听见，在大坑深处，一群狗在争抢着死尸的争斗声。大坑的对面较远的边缘上，停着一台奇特的巨大盘形飞行机器。当火星人面临腐烂和死亡时，他们还用这架飞行机器在我们浓密的大气层中做过飞行试验呢。死亡并非一日之间突然降临的。当头顶上传来乌鸦的呱呱叫声时，我抬头看了看那架巨型战斗机甲，它永远也不会再参战了。我又看看那些撕碎了的红色肉条，肉条上的血正滴落到樱草山上那些翻倒了的座位上。

我转过身顺着山坡望下去，一群鸟在那儿转着圈，那里站着两个火星人，我昨晚正好看到他们死掉。一个是在叫喊他的同伴时死去的，他也许是最后一个死掉的，因为他的叫声直到机器停止的时候才中断。现在，他们那无害金属三脚架，在明亮的太阳光下闪烁着。

在大坑的四周是伦敦市，我们伟大的城中之城，仿佛是奇迹才使它免于毁灭。只见过黑烟弥漫的伦敦的人，很难想象那一大片房屋在寂静中的清晰美丽状态。

东方的晴空下，耀眼的阳光照在艾伯特高地的乌黑废墟和倒塌的教堂尖顶上，许多房子的屋顶在阳光下反射着炫目的白光。

北方是吉尔波恩和海姆斯特德，一片淡蓝色房屋鳞次栉比。往西看，这座大城显得暗淡无光。南边，在火星人的后面，是摄政公园里起伏的绿色山丘，朗汉姆旅馆，艾伯特大礼堂的圆顶，还有皇家艺术学院、布朗普顿大道两旁的宏伟大厦，都看得清清楚楚。日出之后，威斯敏斯特那一片参差不齐的废墟就已在远处模模糊糊地出现了。在远一些的地方，是一片青葱的萨里山，水晶宫的尖塔像是两根银棍闪闪发光。圣保罗教堂的球顶在阳光下形成一个黑色的剪影，我第一次看见它的西面有一个裂口。

当我望着这一大片寂静空旷的房屋、工厂和教堂时，我想起了人类许许多多的希望和努力，想到了无数人为建设这座人间宝岛付出了他们的生命，想到了突然降临这座城市的残酷毁灭。当我意识到黑暗的阴影已经退却，人们又可以居住在这些大街上，这座可爱的大城市又再次复活了，充满了生机和活力，我不禁心潮澎湃，感动得几乎流下眼泪。

灾难已经结束了。就从那天，人们开始治疗毁灭留下的创伤。幸存者大都分散在各地——他们没有了领导人，没有法律，也没有食物，就像失去了牧羊人的羊群——还有上千个从海上逃跑的人，将重返家园；生命的脉搏，渐渐强劲，它将重新跳跃在空空荡荡的街头，涌向空旷的广场。尽管我们遭到了一些破坏，但破坏者的手已经被制止住了。所有那些荒凉的遗迹，焦黑的断壁颓垣，与阳光照耀下的山川草木相比，显得分外阴暗凄凉。然而，很快在这片废墟上将会响起人们重建家园的锤打声与泥铲声。想到这里，我禁不住把双臂伸向天空，向上帝表示感谢。只要一年的时间，我想——只要一年……

突然间，我想起了我自己，想到了我的妻子，还回忆起那一去不复返的充满希望和互相关爱的昔日美好生活。

第九章 满目疮痍

现在，我要讲讲我经历中最为离奇的一件事——也许这并不奇怪。那一天发生的所有的事情，直到我在樱草山上流泪赞美上帝为止，我都记忆犹新，十分清晰生动。但是随后发生的事我就记不起了。

我对接下来三天中发生的事一无所知。从那以后我明白了，我还远远不是发现火星人灭亡的第一个人。有几个像我一样的流浪汉在前一天的晚上已经发现了这一切。有一个人——他是第一个——去了格拉斯哥大教堂，设法向巴黎发了封电报，而我那时还待在马车车夫的房子里。自那时起，这个令人开心的消息迅速传遍了全世界；上千个曾经担惊受怕的城市，刹那间灯火辉煌；当我站在大坑边时，远在都柏林、爱丁堡、曼彻斯特和伯明翰的人们都知道了这个消息。我听说，许多人流着欢乐的泪水，停下了手边的工作，相互握手，欢呼雀跃。人们备好了车辆，准备奔向伦敦，甚至附近的克鲁威的火车也开到了伦敦。自从得到火星人入侵的消息之后，教堂的大钟已停止了两个星期，而此刻又响了起来，响遍整个英格兰。

那些骑自行车的人，一个个面容憔悴，衣衫不整，他们沿着每一条乡村小道奔走相告，传达着这个意外获救的消息，并对那些瘦弱的、双眼发呆的绝望者们喊叫着。

但是食物呢？那些谷物、面包和肉越过英吉利海峡，跨过爱尔兰海和大西洋，正源源不断地被运来救济我们。那些日子里，仿佛全世界的所有船只都在朝伦敦开来。但是这些我都记不得了。我头脑不清——成了一个神经错乱的人。后来我发现自己躺在一个好心人的家里，他们在我流浪的第三天时发现了我，那时，我在圣约翰树林的街道上流浪、哭泣、胡言乱语。他们告诉我，自那时起，我一直拖着长腔唱着："最后一个活着的人！呼哈！最后一个活着的人！"虽然他们自己也要处理很多麻烦事情，但是这些好心人（我对他们感激不尽，就不在这里列出他们的名字了）仍然悉心地照料着我，让我住下。显然，在我神志不清的几天里，他们已经从我的口中了解到了所发生的一些事情。

当我清醒以后，他们非常小心地向我透露了他们听说的有关莱泽尔黑德的事。在我被困两天后，莱泽尔黑德就被一个火星人摧毁了，没一个人生存下来。那个火星人，似乎是在没有遇到任何挑衅的情况下，无缘无故地就毁灭了那个地方，如同一个小孩为了显示自己的力量而捣毁一个蚂蚁窝那样。

我现在孤身一人，而他们对我非常好。我感到孤独、忧郁，而他们却能容忍我，安慰我。我康复以后，又和他们住了四天。在那段时间里，我感到一种朦胧的愈来愈强烈的渴望，想再看一看我昔日待过的小小安乐窝还残存多少。那只是一种毫无希望的渴望，反倒使我愁上加愁。他们劝阻了我，并想方设法地开导我，使我尽快从那种病态中恢复起来。但是最后，我终于抑制不住内心的冲动，含泪告别了与我相处多天的朋友们，并保证我还会回到他们身边，我又一次走到了街上，前段时间这里是一片奇怪的黑暗，街上一片空空荡荡。

现在，街上已随处可见返回的人。有几处地方，甚至店铺都开了门，而且我还看见一个喷嘴式饮水龙头在流水。

我记得那一天，当我满怀忧伤地返回沃金那所小房子时，阳光明媚，仿佛在嘲笑我似的。街上到处人头攒动，一片生机勃勃，人们忙忙碌碌地从事着各项工作，简直难以相信许多人被杀死。但是，当时我也注意到我所遇见的人一个个都面黄肌瘦、头发蓬乱、眼睛又大又亮、衣着破烂、脏兮兮的。他们的面部表情不外乎两种——不是兴高采烈，就是冷峻果断。要不是人们脸上的表情，伦敦简直就是一座流浪者的城市。教区在向人们分发着法国政府提供的面包。有几匹马饿得瘦骨嶙峋，肋骨显露。外表凶恶的特种警察戴着白色袖标，站在每条街的拐弯处。我几乎没有看到火星人破坏的痕迹，直到走到惠灵顿街，才看见那里的红草爬满了滑铁卢桥的桥墩。

在大桥的拐角边，我还看到了一个与这个奇异时期极不相符的东西——一张报纸，在一丛红草中迎风飘扬，报纸被一根木棍钉在红草丛中。这是恢复出版后的第一家报纸——《每日邮报》恢复发行的一张海报。我在衣袋里摸到一枚发黑的先令，用它买了份报纸。大多数版面都是空白的，但是那个孤独的排字工出于好玩，在报纸背面做了一个滑稽可笑的大幅广告。报上所登的事件很感动人，新闻机构还没有恢复正常工作，我也没有看到什么新的消息，只有一点——一个星期以来，对火星人的机械装置检查，已经取得突破性的发现，其中有一篇文章甚至宣称“飞行的秘密”已经被发现。当时我根本就不信，但这篇文章使我确信了。在滑铁卢车站，免费火车正在将民众送回家乡。第一个回乡潮已经过去了。现在火车上乘客寥寥，我也无心思和他们闲聊，便找到一个单间，双手抱臂坐在里面，闷闷地看着一片片废墟从窗外的阳光下飞驰而过。刚出了站，列车就摇摇晃晃地行驶在临时铺设的铁轨上，路轨两旁的房屋都成了黑色的废墟。尽管下了两天雷雨，但整个伦敦的面貌还是被黑烟粉尘污染得不堪入目。到了克拉波海姆枢纽站，我发现铁路也遭到了破坏。许许多多失业的职员和店员正与普通铁路工人并肩工作着，铺设一条临时的铁轨。而我们的火车在临时铺设的铁轨上哐啷哐啷、摇摇晃晃地向前开去。

从那里经过以后，沿途是一派荒凉的奇特景象；温布尔登受到的毁坏最为严重。沃尔顿因为留下了一片没有烧掉的松林，似乎是沿线遭受损失最小的地方。温特尔河、莫尔河和其他的小河上都漂着一堆堆的红草，好像是屠夫铺子里的肉和腌过的卷心菜那样。不过萨里的树林太干燥，红草的枝条没有爬上去。在温布尔登远方的苗圃里，一堆堆的土围在第六个圆筒的周围。一群人在旁边，几个工兵在土堆中间忙着。在土堆的上面飘着一面米字旗，在早晨的微风里欢快地舞动着。苗圃里到处都是红草的红光，一大片火红色里散布着一些紫红色的阴影，看起来非常刺眼。从眼前这片烧焦的灰色土地和阴沉的红色放眼朝东边群山望去，是一片柔和的蓝绿色，使人的眼睛感到无限轻松。

在沃金车站，铁路线仍在检修之中，所以我在白福利特车站下了车，走上了去梅勃瑞的大路，路过了当时我和那个炮兵同骑兵说话的地方，还有我在暴风雨中发现火星人的地方。在这儿，完全是由于好奇心的驱使，我转到了路边，在一簇红草叶子中间，发现了那辆破碎的马车，旁边散落着一副被啃光的马骨。我在那儿站了一会儿，看着这个迹象……

接着我回到了松林里，四处都是齐颈深的红草，斑点狗酒店老板的尸体已经被埋葬了。于是，我经过阿姆斯学院，回到家里。当我路过一所农舍时，一个男人站在打开的门前，叫着我的名字，跟我打招呼。

我怀着一丝希望，朝我家的房子看了一眼，但是这个希望随即破灭了。门早已被打开过，还没有上锁。当我走近的时候，门就慢慢地打开了。

突然砰的一声，大门又关了起来。书房的窗帘吹到了窗外，我和那个炮兵曾经在这个窗口边守候到天亮，从此再无人关上它。被踩坏的灌木仍然和我四星期前离开的时候一样。我走进了客厅，房子里空空荡荡的。灾祸那天晚上的那场暴雨，将我淋得浑身湿透。在楼梯上被我蹲过的地方，地毯变得皱巴巴、脏兮兮的，我看见我们的泥脚印还留在楼梯上。

我顺着脚印来到了书房，发现在我的书桌上仍然放着圆筒打开那天下午留下的一张纸，上面还压着镇纸。我站了一会儿，重读我没写完的见解。这是一篇有关文明的进步对道德思想影响的文章，文章的最后一句正是一个预言的开头："大约两百年后，我们会预见到——"句子在这里突然结束了。我想起了不到一个月前的那天早上，我无法集中精力工作，想起了自己怎样放下手边的工作，从报童手里买《每日纪闻》的情景。我还记得当报童跑来的时候，我是怎样下楼来到花园门前，倾听着他讲"火星上来的死人"这一离奇的故事。

我下了楼，来到了餐室。羊肉和面包还放在那里，早已变坏了，一个啤酒瓶倒在地上，就像我和炮兵离开时一样。我的家里一片凄凉。我开始意识到了自己真是愚蠢，竟然抱有一线希望。随后，一件奇怪的事情发生了。"没用了，"一个声音说，"这房子已经给遗弃了，十天里无人来过。别在这儿折磨自己了。除了你，再没有哪个人逃出来了。"

我大吃一惊。难道我在自言自语吗？我转过身，身后的落地窗立即打开了。我向窗前大迈一步，站在那里朝外看去。

在那里，站着我的妻子和堂兄，他们和我一样又惊又怕——我妻子脸色苍白，眼中无泪，只听她轻轻地叫了一声。

"我来了，"她说，"我知道——我知道——"

她一只手摸着喉咙——身子摇晃一下。我赶紧上前跨了一步，双手抱住了她。

第十章　尾声

现在，我心中感到十分遗憾，因为我的故事就要结束了。而对于许多广为争议的悬而未决的问题，我无能为力，显然，我肯定会受到人们的批评。我的研究领域是思辨哲学，对比较生理学的知识仅仅来自一两本书，不过我认为关于火星人迅速死亡的原因，卡佛的意见很有可能是正确的，甚至被视为定论。我在前面的叙述里已经做出了同样的假设。

不管怎么说，在火星人的袭击战后，我们检验了他们的尸体，除了地球上已有的细菌外，并没有发现其他细菌。火星人没有掩埋死者，他们大肆屠杀人类，表明了他们对腐烂的过程一无所知。虽然这个可能性很大，但是还算不上经过证明的结论。

我们不清楚黑烟的成分，但火星人竟用它产生出致命的威力，还有那种热光发射器，至今仍然是个谜。在伊令和南肯辛顿实验室发生的可怕灾难，使得分析家们不愿对热光做进一步的研究。对黑烟的光谱分析明确无误地表明，存在一种未知的元素，这种元素在绿色的色谱里发出三条明亮的光，很可能它与氩结合之后，产生了一种对血液里的某种成分有致命作用的化合物。但是，这些未经证实的设想，难以让一般读者产生兴趣，而这个故事正是讲给他们听的。当时，雪培顿被毁之后，那些流进泰晤士河的褐色泡沫，没有人对其进行过化验，之后就再也没有出现了。

火星人的尸体大都被野狗撕咬得残缺不全，对其残体进行解剖检查的结果，我已在前面讲过了。不过，每个人的脑海中，对自然历史博物馆里那些极好的、近乎完整的火星人标本都十分熟悉，更了解由这些标本所绘制的许多火星人人体图。至于火星人的心理状态和生理结构，那就纯属科学研究的范围了。

另一个更为严重，并且引起普遍关注的问题是，火星人有可能会再次发动对我们的袭击。我感觉人们对此没有引起足够的重视。目前火星与地球正处在相合期，但是随着每一次绕太阳轨道的运转，它正转到背向地球的轨道上，我相信火星人会再来冒一次险。无论如何，我们都应该做好准备。我认为应该确定好大炮的位置，以便发射炮弹，并时刻保持对这颗行星的警觉，以防火星人的突然袭击。

如果是这样的话，在火星人还未从冷却的圆筒里爬出来的时候，就应该用炸药或者大炮把它摧毁；或者在圆筒刚一打开的时候就用大炮将他们射死。依我看，火星人首战失败，已失去了许多优势，或许他们自己也正是这样想的。

莱辛已经找到了确凿的依据，认为火星人早已成功地降落在金星上。七个月之前，金星、火星和太阳正好成一条直线；也就是说，在金星上的观察者看来，火星处在太阳的另一边。后来，一个明亮奇特的弯曲标记出现在金星的暗面，而几乎同时，在火星表面的照片上人们发现了具有同样弯曲特征的模糊黑色标记。人们只需看一看这些照片，就很容易发现它们的相似之处。

无论怎样，不管我们是否再会受到一次入侵，我们对人类未来的看法，必然会受到这件事情的影响。现在我们已经知道，我们再也不能把我们的地球看作一个安全的避风港了；我们根本不能预料外太空会突然给我们带来什么好兆头还是厄运。也许，从整个宇宙的范畴来看，火星人的这次入侵，对我们人类来说最终不无益处：它剥夺了我们对于未来的盲目自信，这种自信只会是导致人类堕落的根源，它极大地丰富了我们的科学知识，同时也促进了人类团结一致、共谋利益的观念。也许，透过浩瀚的太空，火星人已经看到了他们先驱者的命运，并且吸取了教训，他们在金星上找到了更安全的立足点。事情也许会是这样，在未来很多年间，人们仍然不会放松对火星亮面的观察，而且，太空中那些燃烧的飞行物、流星，当它们降落时，会不可避免地给人类的子孙后代带来恐惧。

火星人的入侵拓宽了人类的视野，这并非言过其实。在圆筒落下之前，人们普遍认为在我们的小天地之外的广漠宇宙是没有生命存在的。但是现在我们看得更远了。如果火星人能登上金星，那么我们人类将来也完全能做到，这是毫无疑问的事。当太阳逐渐冷却，使这个地球变得不宜人居——最终必然如此，也许我们将带着这里的一线生机登上我们的一个临近星球，在上面继续繁衍下去。

我的脑海中呈现一幅朦胧而奇妙的幻景：生命从太阳系的这个小小“苗床”，穿越没有生命的无限星际空间，慢慢地向外扩展。但这只是一个遥远的梦想。从另一方面说，火星人的毁灭可能只是我们暂时解脱了危险。也许，未来注定是他们的，而不是我们的。

我必须承认，自从经历那段时间的惊险与压力后，我心中一直充满紧张和疑虑，阴影难以抹去。当我坐在书房里，在灯下写作时，有时会突然看见山谷里冒出熊熊火焰，感到四周的房子变得空空荡荡，成了一片废墟。我出门来到了白福利特大道，各式各样的车辆从我身边驶过，推小车卖肉的孩子，满满一车的游客，一个骑自行车的工人，上学的孩子，眨眼间他们都变成模糊虚幻的影子，仿佛我又同那个炮兵一起，匆匆穿过那一片炎热而寂静的原野。一天晚上，我看见冷清的街道上堆满黑灰，底下覆盖着变形的尸体，这些一身破烂、躯体残缺不全、被狗啃过的尸体突然站立在我面前。他们低声细语，语无伦次地唠叨着，脸色变得越来越凶恶、苍白，而且面貌愈来愈丑陋，最后变成了一个个疯狂的畸形人。我被惊醒过来，吓出一身冷汗，在漆黑的夜中感到寒冷而痛苦。

我去了伦敦，在舰队街和斯特兰德一带看见人群熙攘，一片热闹的景象。我想他们只是过去的幽灵，出没在曾经死寂的大街上。这是一座死城的种种幻景，是在一个被激励了的团体中对生命的一种嘲笑。而且更令人奇怪的是，我在写完最后一章的前一天，站在樱草山上，透过朦胧烟雾，看见了一大片暗淡蓝色的房子，笼罩在低空的雾霭中。又看见人们在山顶的花坛中来来往往，看见火星人的机器仍然站立在那儿，周围站满了观众。我听见了孩子们的嬉戏吵闹声，于是想起了那劫难的最后时刻：在清晨的晨曦中，我看见它立在那儿，亮晶晶、硬邦邦、无声无息……一种奇怪的感觉油然而生。

最为奇怪的是，我竟然再次握住了妻子的手，想着当初我们都以为对方已经不在人世间了，这真是一件不可想象的事情。